KB131260

amélie nothomb

두려움과 떨림

아멜리 노통브 지음   전미연 옮김

이 책은 실로 꿰매어 제본하는 정통적인 사철 방식으로 만들어졌습니다.
사철 방식으로 제본된 책은 오랫동안 보관해도 손상되지 않습니다.

미스터 하네다는 미스터 오모치의 상사였고, 미스터 오모치는 미스터 사이토의, 미스터 사이토는 미스 모리의, 미스 모리는 나의 상사였다. 그런데 나는, 나는 누구의 상사도 아니었다.

이걸 다르게 얘기해 볼 수도 있을 것이다. 나는 미스 모리의 지시를 받았고, 미스 모리는 미스터 사이토의, 미스터 사이토는 또…… 하는 식으로 말이다. 그리고 정확성을 위해 덧붙이자면, 밑으로는 위계 서열을 뛰어넘어 지시가 내려질 수도 있었다.

그러니까, 유미모토사에서, 나는 모든 사람들의 지시 아래 있었다.

1990년 1월 8일, 엘리베이터가 나를 유미모토 건물의 꼭대기 층에 토해 놓았다. 로비 끝에 있는 창문이, 마치 비행기의 깨진 창이 빨아 당기는 듯한 흡인력으로 나를 끌어당겼다. 멀리, 아주 멀리에 도시가 있었다. 너무 멀어서 그곳에 한 번이라도 발을 디딘 적이 있었던가 의아해하고 있었다.

안내 데스크에 가서 용건을 말했어야 한다는 사실은 떠오르지도 않았다. 사실 내 머릿속에는 아무 생각도 없었다. 창문 때문에, 허공을 향해 마음이 노그라지고 있을 뿐이었다.

마침내 쉰 목소리가, 뒤에서 내 이름을 부르는 게 들렸다. 나는 뒤돌아보았다. 쉰 살쯤 되는, 작은 키에 마르고 못생긴 남자 하나가 탐탁지 않은 표정으로 나를 바라보고 있었다.

「왜 안내 데스크 아가씨에게 왔다고 얘기해 주지 않았지요?」 그가 나에게 물었다.

나는 답변할 말을 찾지 못해 대답하지 않았다. 유미모토사 입사 첫날, 10여 분이 지나는 동안 말 한 마디 하지 않았는데도 이미 나쁜 인상을 주고 말았다는 사실을 확인하며 머리와 어깨를 숙였다.

이 남자는 자기 이름이 미스터 사이토라고 나에게 말했다. 그는 셀 수 없이 많은, 어마어마한 사무실을 지나는 동안 사람들 무리에 나를 소개했고, 그의 입에서 나오는 이름들은 이내 내 머릿속에서 사라져 갔다.

그러고 나서 그는 나를 자신의 상관인 미스터 오모치가 일하는 사무실로 안내했다. 미스터 오모치는 덩치가 우람하고 사람을 움츠러뜨리는 데가 있었는데, 이것만 보아도 그가 부사장이라는 걸 알 수 있었다.

그다음 그는 한쪽 문을 가리키면서 이 문 뒤에 사장님인 미스터 하네다가 있다고 엄숙하게 말했다. 사장님을 만날 꿈도 꾸어서는 안 된다는 것은 당연했다.

마침내 그는 약 40명 정도의 사람들이 일하고 있는 거대한 사무실까지 나를 데려갔다. 그리고 내 직속 상관인 미스 모리의 자리 바로 앞에 있는 내 자리를 가리켰다. 미스 모리는 회의 중이었고 오후가 되면 만나게 될 것이었다.

사이토 씨는 나를 짤막하게 좌중에 소개했다. 그러고는 내게 진취적인 일을 좋아하느냐고 물었다. 내가 부정적인 답을 할 입장이 아닌 게 분명했다.

「네.」 나는 말했다.

이것이 내가 회사에서 처음으로 내뱉은 단어였다. 그때까지는 단지 고개만 숙이고 있었을 따름이었다.

사이토 씨가 해보라고 한 〈진취적인 일〉은 바로 다음 일요일에 함께 골프를 치자고 한 아담 존슨이라는 사람의 초대를 수락하는 것이었다. 수락 사실을 통보하기 위해 내가 이 남자에게 영문 편지를 써야 하는 것이었다.

「아담 존슨 씨가 누군데요?」 멍청하게도 나는 이렇게 물었다.

나의 상관은 화가 치미는지 한숨을 내쉬고는 아무 대답도 하지 않았다. 존슨 씨가 누군지 모른다는 게 있을 수 없는 일인가, 아니면 내 질문이 너무 무례했나? 나는 그 이유가 무엇인지 알 수 없었다. 또 아담 존슨이 누구인지 그 이후로도 몰랐다.

이 편지 쓰기는 쉬워 보였다. 나는 자리에 앉아서 진솔한 편지를 썼다. 사이토 씨는 다음 일요일에 존슨 씨와 함께 골프를 친다고 생각하니 기쁘며, 그에게 친우

(親友)로서의 마음을 전한다고. 나는 내 상관에게 그 편지를 가져갔다.

사이토 씨는 결과물을 읽어 보더니 비웃는 듯한 소리를 나직하게 뱉고는 찢어 버렸다.

「다시 해요.」

나는 아담 존슨 씨에게 지나치게 살갑게 굴었거나 너무 격의 없이 대했다고 생각하면서 냉랭하고 거리감이 느껴지는 글을 썼다. 사이토 씨는 존슨 씨의 결정을 참조해 그의 희망에 따라 함께 골프를 치겠다고.

나의 상관은 결과물을 읽어 보더니 비웃는 듯한 소리를 나직하게 뱉고는 찢어 버렸다.

「다시 해요.」

뭘 잘못했는지 물어보고 싶었지만, 편지 수신인에 대한 내 질문에 보인 반응에서도 입증되었듯이, 부서장은 묻는 것을 허용하지 않으리라는 사실이 명백했다. 따라서 이 베일에 싸인 아담 존슨에게 어떤 투를 써야 하는지 스스로 알아내야 했다.

나는 그 뒤 몇 시간 동안 이 골퍼에게 보내는 비즈니스 서신을 작성하면서 시간을 보냈다. 사이토 씨는 후

렴 같은 그 소리를 내뱉는 것 외에는 전혀 편지에 대한 언급을 하지 않으면서, 내가 편지를 완성하는 족족 찢어 버렸다. 나는 매번 새로운 편지 양식을 고안해 내야 했다.

이 편지 쓰기에는 기지가 번뜩이는 측면 — 아름다운 후작 부인, 당신의 아름다운 눈을 보면 저는 사랑으로 죽을 것 같습니다[1] — 이 없지 않았다. 나는 문법 형식을 자유자재로 변형시켜 보았다. 〈만약 아담 존슨이 동사가 되고 다음 일요일이 주어, 골프를 치다가 목적보어, 사이토 씨가 부사가 된다면? 다음 일요일은 사이토 씨하게 골프 친다는 것을 아담 존슨하러 기꺼이 가겠다고 수락한다. 그럼 아리스토텔레스는 자업자득이지 뭐.〉

재미를 느끼기 시작했을 때 내 상사 때문에 일이 중단되었다. 그는 몇 번째인지도 모르는 편지를 읽지도 않고 찢어 버린 뒤 모리 양이 도착했다고 나에게 말했다.

1 몰리에르의 희곡 『르 부르주아 장티옴 *Le Bourgeois gentilhomme*』에서 주인공인 주르댕은 사랑에 빠진 후작 부인에게 편지를 보내려고 한다며, 내용은 그대로 두되 표현만 근사하게 고쳐 달라고 철학 선생에게 부탁한다. 이때 철학 선생은 단어의 배열만 바꾸어 여러 가지 표현을 제시한다.

「오늘 오후에 그녀와 같이 일하게 될 거예요. 그 사이에 나한테 커피 한 잔 갖다 줘요.」

벌써 4시였다. 갖가지 편지 양식들에 온통 정신이 쏠려 있던 바람에 잠시 쉴 생각조차 하지 않았던 것이다.

나는 사이토 씨의 책상 위에 커피 잔을 놓고 자리로 돌아왔다. 활처럼 긴 여자가 나를 향해 걸어왔다.

언제나, 다시 후부키 생각을 할 때면, 나는 남자 키보다 훨씬 큰 일본 활을 떠올린다. 그래서 내가 그 회사를 〈유미모토(弓本)〉, 즉 〈활의 만사(萬事)〉라고 이름 붙였다.

그리고 활을 볼 때면 항상, 남자보다 훨씬 큰 후부키 생각을 다시 하게 된다.

「미스 모리?」

「후부키라고 불러 줘요.」

그녀가 하는 말이 더 이상 내 귀에 들리지 않았다. 모리 양은 적어도 1미터 80센티미터는 됐는데, 웬만한 일본 남자들 중에도 이만한 키는 아주 드물었다. 그녀는 다른 사람들처럼 굳어진 일본인 특유의 뻣뻣함에도 불구하고, 호리호리하고 우아해 사람을 매료시킬 정도였다. 그런데 나를 꼼짝없이 사로잡은 것은 바로 눈이 시리도록 아름다운 그녀의 얼굴이었다.

그녀는 나에게 말을 했고, 나는 부드럽고 재기가 넘치는 그녀의 음성에서 나오는 소리를 듣고 있었다. 그녀는 나에게 서류를 보여 주면서 무슨 내용인지 설명하고 웃었다. 나는 내가 그녀의 말에 귀를 기울이지 않고 있다는 사실을 모르고 있었다.

그녀는 자신의 책상과 마주한 내 책상 위에 서류를 준비해 놓았으니 읽어 보라고 말했다. 그녀는 자리에 앉아서 일하기 시작했다. 나는 그녀가 찬찬히 훑어보라고 준 서류 무더기를 고분고분하게 뒤적였다. 이 서류는 각종 규정과 목록들이었다.

내 앞 2미터 떨어진 곳, 내 눈에 비친 그녀의 얼굴은 고혹적이었다. 자신이 들여다보는 숫자들 위로 숙인 눈꺼풀 때문에 그녀는 내가 자신을 연구하고 있다는 사실을 눈치채지 못했다. 그녀는 세상에서 가장 아름다운 코, 수많은 사람들 가운데서도 분별해 낼 수 있는 오묘한 콧구멍이 있는 흉내 낼 수 없는 코, 일본 사람 특유의 코를 가지고 있었다. 모든 일본 사람들의 코가 이렇게 생긴 것은 아니지만, 누군가의 코가 이렇게 생겼다면 그 사람은 분명히 일본인일 수밖에 없다. 클레오파트라의 코가 이렇게 생겼더라면, 이 때문에 세계 지도가 아마 엄청나게 변했을 것이다.

저녁 때, 굳이 좀스럽게 따져 보려 들었다면, 회사가 나를 채용할 때 염두에 둔 능력 중 어떤 것도 나한테 쓸모가 없었다는 생각을 할 수도 있었다. 그러나 어쨌든 내가 원한 것은 일본 회사에서 일하는 것이었다. 그런데 나는 일본 회사에 있었다.

나는 멋진 하루를 보냈다는 느낌을 가졌고 그 이후의 회사 생활이 이런 인상을 확인해 주었다.

여전히 이 회사에서 나의 역할이 무엇인지 이해하지 못하고 있었지만, 그건 내 관심 밖이었다. 사이토 씨는 나를 황당하게 생각하는 것 같았지만 나는 이것 또한 더더욱 상관하지 않았다. 나는 내 동료로부터 환영을 받고 있었다. 그녀의 우정이 하루에 열 시간을 유미모토사에서 보내고도 남을 충분한 이유가 되었다.

희고 뽀얀 그녀의 피부색은 다니자키[2]가 그토록 잘 언급하고 있는 바로 그 색이었다. 후부키는 키가 크다는 상상을 초월하는 조건만 제외하면 완벽한 일본 미인이었다. 그녀의 얼굴 생김새는 옛날 귀족 처녀들의 상징인 〈지난 시절 일본의 패랭이꽃〉과 흡사했다. 거대한 실루엣 위에 올려진 그녀의 얼굴은 세계를 지배할 운명을 타고난 것이었다.

유미모토사는 세계에서 가장 큰 기업 중 하나였다. 하네다 씨는 여기서 세계 도처에 있는 모든 물건을 사고 파는 수출입 부문을 진두 지휘하고 있었다.

유미모토사의 수출입 제품 목록은 프레베르식 목록[3]을 정신이 아찔할 정도로 더 늘려 놓은 것이었다. 핀란드산 에멘탈 치즈에서 캐나다의 광섬유, 프랑스산 타이어, 토고의 황마를 포함하여 싱가포르산 가성 소다에

---

2 탐미주의 소설가인 다니자키 준이치로를 말한다.
3 자크 프레베르는 프랑스 시인으로, 그의 시에는 열거가 아주 많이 나온다.

이르기까지 없는 것이 없었다.

유미모토사에서 돈이라는 것은 인간의 한계를 벗어나는 불가사의한 것이었다. 제로가 몇 개 이상 계속해서 나오고 나면 금액이 숫자의 영역을 벗어나 추상 예술의 범주로 들어갔다. 나는 회사 내에서 1억 엔을 벌었다고 흐뭇해하거나 이만한 돈을 손해봤다고 통탄하는 사람이 과연 있을지 궁금했다.

유미모토의 직원들은 제로와 마찬가지로 다른 숫자들 뒤에서만 가치가 생겼다. 제로의 힘에도 미치지 못한 나를 제외한 모든 사람들이.

날짜가 지나갔지만 나는 여전히 어디에도 쓸모가 없었다. 하지만 이런 사실에 별다르게 신경이 쓰인 것은 아니었다. 사람들이 나를 잊고 있다는 느낌을 받았고, 이게 불쾌하지는 않았다. 나는 책상에 앉아서 후부키가 넘겨준 서류를 읽고 또 읽었다. 이 서류들 가운데 유미모토 직원들의 신상 명세가 나와 있는 서류를 제외하면 나머지는 정말 세상 어디에서도 찾아볼 수 없을 만큼 하품이 나오는 것들이었다. 그런데 신상 명세서에는 직원들의 성(姓), 이름, 출생일과 출생지, 결혼한 직원의 경우는 배우자의 이름과 자식들의 이름, 그리고 이들 가족 구성원의 생일이 모두 기록되어 있었다.

이 정보 자체는 마음을 확 끌 만한 게 전혀 아니었다. 하지만 배가 너무 고플 때는 빵 부스러기에도 군침이 도는 법이다. 나의 뇌가 무위(無爲) 상태에서 곡기라고는 구경도 못 하고 있던 터라, 이 목록이 황색 잡지처럼 바삭바삭하게 느껴졌다. 솔직히 말하자면, 이것이 내가 이해하고 있던 유일한 서류 뭉치였다.

일하는 듯한 모습을 보여 주기 위해 나는 이 서류의 내용을 외우기로 마음먹었다. 여기에는 약 1백여 개의 이름이 있었다. 대부분이 결혼을 해서 자녀를 둔 남녀 직원이었기 때문에 일은 더욱 힘들어졌다.

나는 공부를 했다. 공부할 내용 위로 얼굴을 숙였다가 블랙박스 속에서 암송해 보기 위해 다시 얼굴을 드는 과정이 반복되었다. 고개를 들 때 내 시선은 항상 앞에 앉은 후부키의 얼굴에 가서 닿았다.

사이토 씨는 내게 더 이상, 아담 존슨 씨든 그 어느 누구에게든 편지를 쓰라고 시키지 않았다. 뿐만 아니라 커피를 가지고 오라는 것 말고는 아무 일도 시키지 않았다.

일본 회사에서 회사 생활을 시작할 때 오차쿠미 — 차(茶) 나르기 — 부터 시작하는 것은 지극히 자연스럽다. 이 일이 내게 부여된 유일한 역할이었기 때문에 나는 그것을 더더욱 진지하게 생각하고 있었다.

금세 나는 각자의 습관을 파악하게 되었다. 사이토 씨는 8시 30분부터 블랙 커피. 우나지 씨는 10시에 설탕 두 스푼을 넣은 밀크 커피. 미즈노 씨는 매 시간마다 콜라 한 컵씩. 오카다 씨는 오후 5시에 우유를 살짝 넣은 영국식 홍차 한 잔. 후부키는 9시에 녹차, 12시에 블랙 커피, 오후 3시에 녹차 한 잔, 마지막으로 저녁 7시에 블랙 커피 한 잔. 그녀는 매번 매혹적으로 깍듯이 내게 고맙다는 말을 했다.

이 보잘것없는 일이 나의 불행을 초래한 첫 번째 기제로 드러났다.

어느 날 아침, 부사장이 사무실에서 유미모토와 친선 관계에 있는 기업에서 온 대규모 대표단을 맞이하고 있다고 사이토 씨가 알려 주었다.

「커피 20인분.」

나는 오모치 부사장실에 내 커다란 쟁반을 들고 들어가 어느 한 군데 정말 나무랄 데 없이 행동했다. 눈을 내리깔고 몸을 숙인 채 가장 격조 있는 인사말을 읊으면서 지나칠 정도로 공손하게 찻잔마다 차를 따랐다. 만약 오차쿠미 국가 훈장이 있었더라면 내가 받았을 것이다.

꽤 여러 시간이 흐른 뒤 대표단이 떠났다. 거구의 오모치 씨가 내는 쩌렁쩌렁한 목소리가 터져 나왔다.

「사이토 상!」

나는 사이토 씨가 단숨에 내처 일어나 파리한 얼굴이 되어 부사장의 토굴로 달려가는 모습을 보았다. 뚱뚱보가 울부짖는 소리가 벽 뒤에서 울려 퍼졌다. 그가 무슨 말을 하고 있는지 알 수는 없었지만 좋은 얘기는 아닌 것 같았다.

사이토 씨는 얼굴이 일그러져 돌아왔다. 나는 그의 몸무게가 그를 공격한 사람의 3분의 1이라는 생각을 하면서 갑자기 그에 대해 살가운 마음을 느꼈다. 바로 이때 그가 노발대발한 목소리로 나를 불렀다.

나는 그를 따라 빈 사무실까지 갔다. 그는 부아가 치밀어 말까지 더듬더듬하면서 말했다.

「당신 때문에 우리 친선 회사 대표단의 심기가 완전히 불편해졌어요. 당신이 우리말을 완벽하게 구사한다는 인상을 풍기는 인사말을 하면서 커피를 대접했기 때문이오!」

「하지만 아주 못 하지는 않는데요, 사이토 상.」

「입 다물어요! 무슨 자격으로 지금 변명하는 겁니까? 오모치 부사장님이 당신한테 단단히 화가 나 있어요. 당신이 오늘 아침 회의에 끔찍한 분위기를 만들어 놨으니. 우리말을 이해하는 백인 여성이 있는 자리에서 우리 파트너들이 어떻게 신뢰감을 느낄 수 있었겠소? 바로 지금 이 시간부터 당신은 일본어를 못 하는 거요.」

나는 눈이 똥그래져 그를 쳐다보았다.

「뭐라고 하셨죠?」

「앞으로는 당신이 일본어를 모른다고 했소. 이제 알아들었소?」

「한데, 유미모토가 저를 채용한 건 언어 능력 때문인

데요.」

「난 관심 없어요. 나는 당신한테 이제부터 일본어를 알아듣지 말라는 지시를 하는 거요.」

「말도 안 돼요. 아무도 그런 지시는 따를 수 없어요.」

「언제든지 따를 수 있는 방법이 있게 마련이오. 서양 사람들 머리가 이해해야 되는 게 바로 이거요.」

〈이 말이 왜 안 나오나 했지〉, 말을 잇기 전에 이런 생각이 들었다.

「일본 사람들 머리에는 어떤 언어를 억지로 잊어버 릴 수 있는 능력이 아마도 있나 본데, 서양 사람들 머리 에는 그런 재주가 없어요.」

이런 이상야릇한 논리를 사이토 씨가 수긍하는 것 같아 보였다.

「어찌 됐든 노력을 해봐요. 최소한 그런 척이라도 해 봐요. 당신에 관해 내가 그런 지시를 받았으니까. 이제 그렇게 하기로 한 거요, 응?」

목소리가 냉랭하고 쇠꼬챙이 같았다.

다시 사무실에 돌아왔을 때 내가 묘한 얼굴을 하고 있었는지, 나를 쳐다보는 후부키의 시선에 따스함과 격

정스러움이 배어 있었다. 나는 앞으로 어떤 태도를 보여야 하는지 생각하면서 한참 동안 의기소침해 있었다.

사표를 내는 것이 가장 합당했을 것이다. 하지만 이런 결심까지 할 수는 없었다. 서양 사람들이 보기에는 이것이 전혀 치욕적인 게 아니었지만 일본인들에게는 체면이 손상되는 일이었을 것이다. 회사에 근무한 지 이제 겨우 한 달 정도 되었다. 그런데 1년 계약을 했으니 이렇게 얼마 안 되어 회사를 떠나는 것은 내가 보기에도, 또 그들이 보기에도 나한테 수치스러운 일이었을 것이다.

더군다나 나는 전혀 떠나고 싶은 생각이 없었다. 어쨌든 나는 이 회사에 들어오기 위해 노력을 기울였다. 도쿄에서 쓰는 비즈니스 일본어도 배웠고 시험도 통과했다. 물론 국제 무역 전쟁의 용장(勇將)이 되겠다는 야심은 한시도 가져 본 적이 없었지만, 유년 시절의 동화 같은 기억을 떠올리기 시작하면서부터 숭경(崇敬)하고 있던 이 나라에서 살고 싶다는 생각을 늘 하고 있었다.

나는 남을 것이다.

따라서 사이토 씨의 명령을 따를 방도를 찾아보아야

했다. 나의 두뇌를 샅샅이 뒤져 가며 기억 상실에 적당한 지질층을 찾아보았다. 내 뉴런 요새 속에 지하 감옥이 있던가? 어쩌랴, 이 웅장한 구조물에는 강점도 단점도 있었고, 망루와 균열, 틈새와 도랑도 있었지만 쉬지 않고 귀에 들려 오는 언어를 묻어 버릴 만한 곳은 어디에도 없었다.

잊어버릴 수 없다면 최소한 감출 수는 있지 않을까? 만약 언어가 숲이라면 프랑스 너도밤나무, 영국 참나무, 라틴 떡갈나무, 그리스 올리브나무 뒤에 어마어마한 일본 삼나무, 정말 이 경우에 너무 딱 맞게 이름을 댄 이 나무[4]를 숨기는 것이 과연 가능할까?

후부키의 성씨 〈모리(森)〉는 숲이라는 뜻이었다. 이때문에 내가 그 순간 망연한 시선으로 그녀를 쳐다보았던 걸까? 나는 그녀가 계속 심문하듯이 쳐다보고 있다는 사실을 눈치챘다. 그녀는 자리에서 일어나 따라오라는 신호를 했다. 부엌에서, 나는 의자 위에 맥없이 주저앉았다.

---

4 삼나무*cryptomeria*의 〈crypto〉는 그리스어 어원 〈crypta〉에서 온 것으로, 〈숨겨진〉이라는 뜻이 있다.

「부장님이 당신한테 뭐라고 했어요?」 그녀가 나에게 물었다.

나는 속내를 털어놓았다. 격한 목소리로 얘기를 하면서 눈물을 글썽였다. 나는 위험천만한 얘기를 더 이상 삭이지 못하는 지경에까지 이르렀다.

「부장을 증오해요. 나쁜 자식, 얼간이.」

후부키는 픽 하고 웃었다.

「아니에요. 잘못 본 거예요.」

「그렇겠죠. 당신, 당신은 좋은 사람이니까 나쁜 점을 보지 못하는 거예요. 여하튼 나한테 그런 지시를 할 정도면 부장이 어떤 사람인지는 분명한…….」

「진정해요. 지시는 부장이 내린 게 아니지요. 부장은 부사장의 명령을 전한 거죠. 선택의 여지가 없었어요.」

「그렇다면 오모치 부사장이 바로…….」

「부사장은 아주 특이한 사람이에요.」 그녀가 내 말을 잘랐다. 「뭘 바라죠? 그분은 부사장이에요. 우리는 아무 힘도 없어요.」

「사장님인 미스터 하네다한테 얘기할 수도 있을 것 같은데. 사장님은 어떤 분이세요?」

「사장님은 대단한 분이세요. 머리가 정말 뛰어나고 아주 좋은 분이죠. 안타깝지만 당신이 그분에게 가서 불만을 털어놓는다는 것은 있을 수 없는 일이에요.」

그녀 말이 옳았고, 나도 그걸 알고 있었다. 위로는 서열을 하나 뛰어넘는 것이라도 상상조차 할 수 없었다. 하물며 그렇게나 훌쩍 뛰어넘는 것이니 오죽하겠는가. 나는 미스 모리라는 내 직속 상관한테만 얘기할 권리가 있었다.

「나는 당신밖에 의지할 사람이 없어요, 후부키. 당신이 나한테 특별히 해줄 수 있는 게 없다는 사실을 알고 있어요. 하지만 고마워요. 당신이 인간적으로 대해 준다는 사실만으로도 나는 너무 좋은걸요.」

그녀가 웃었다.

나는 그녀에게 이름을 한자로 어떻게 쓰는지 물었다. 그녀는 자신의 명함을 내밀었다. 나는 한자를 들여다본 뒤 환성을 터뜨렸다.

「눈보라! 후부키(吹雪)는 눈보라라는 뜻이잖아요. 이런 이름을 가졌다는 게 너무 멋져요.」

「나는 눈보라가 칠 때 태어났어요. 부모님이 거기서

어떤 기호를 떠올린 거죠.」

유미모토사의 신상 명세서가 다시 머릿속을 스쳐 지나갔다. 〈모리 후부키, 1961년 1월 18일 나라(奈良) 출생…….〉 그녀는 겨울 아이였다. 나는 순간적으로 숭엄한 나라 시(市)에, 이 도시의 수많은 종 위로 눈보라가 몰아치는 장면을 상상했다. 천상의 아름다움이 지상의 아름다움 위에 내리치던 날 이 눈부신 처녀가 태어났다는 사실이 지극히 자연스럽지 않은가?

그녀는 나에게 간사이(關西)에서 보낸 유년 시절을 얘기해 주었다. 그리고 나는 그녀에게 같은 지방에 위치한, 나라에서 멀지 않은 가부토 산(甲山) 부근의 슈쿠가와(夙川) 마을에서 처음 시작된 내 유년 시절을 얘기했다. 이 신화 속의 장소를 입에 올리자 눈에 눈물이 그렁그렁 맺혔다.

「우리 둘 모두 간사이 출신이라니 얼마나 기쁜지. 바로 그곳에 옛 일본의 맥박이 뛰고 있어요.」

다섯 살 때, 일본의 산을 뒤로하고 중국의 사막을 향해 떠나던 그날 이후, 내 심장이 뛰고 있는 곳도 바로 이곳이었다. 이 첫 번째 유배 경험이 내게 너무 깊이 각

인되어, 그렇게 오랫동안 조국이라고 믿어 왔던 이 나라에 다시 동화되기 위해서라면 무슨 일이든 감수할 수 있을 것처럼 느꼈다.

서로 마주하고 있는 우리들 책상에 돌아왔을 때, 나는 내 문제에 대한 아무런 해결책도 찾지 못한 상태였다. 유미모토사에서의 현재, 그리고 미래의 내 위치가 도대체 어떤 것인지 이때만큼 캄캄했던 적도 없었다. 하지만 나는 상당한 안도감을 느꼈다. 내가 모리 후부키의 동료이기 때문이었다.

그래서 주위에서 오가는 말들을 한 마디도 이해하지 못하는 체하면서도 일한다는 인상을 줄 필요가 있었다. 이제 나는 고맙다는 간부들의 말에 대꾸도 하지 않고 의례적인 말은 눈곱만큼도 하지 않은 채, 수도 없이 차와 커피 시중을 들었다. 간부들은 내가 받은 지시 사항을 모르고 있었기 때문에 붙임성 있는 백인 게이샤(妓生)가 마치 양키처럼 툽상스럽게 입이 쩍 붙은 걸 보고 놀라워했다.

안타깝게도 오차쿠미는 시간이 많이 걸리는 일이 아

니었다. 그래서 나는 사람들의 의견을 전혀 들어 보지도 않고 우편물을 나눠 주는 일을 하기로 정했다.

여러 개의 크넓은 사무실을 가로질러 큼지막한 철제 수레를 밀고 다니면서 각자에게 편지를 전달하는 일이었다. 이 일은 나한테 기가 막히게 맞았다. 우선 대부분의 주소가 한자로 표기되어 있었기 때문에 이 일을 하면 나의 언어 능력을 사용하게 되었다. 사이토 씨가 나한테서 아주 멀찍이 떨어져 있을 때면 나는 일어를 안다는 사실을 숨기지 않았다. 뿐만 아니라 유미모토사의 목록을 암기해 가면서 공부한 게 쓸데없는 일이 아니었다는 사실을 새삼스레 깨달았다. 나는 한 사람도 빼놓지 않고 모든 직원의 신상 명세를 알 수 있었을 뿐만 아니라 내 업무 시간을 활용해서, 필요한 경우, 직원들에게 그들 자신 혹은 아내나 자식들의 생일을 진심으로 축하한다고 말할 수도 있었다.

미소를 머금고 바닥에 닿을 듯이 몸을 굽히며 내가 말했다.

「우편물 왔습니다, 시라나이 씨. 오늘 세 살을 맞은 귀여운 요시로의 생일을 축하합니다.」

그럴 때마다 사람들이 어안이 벙벙해져 나를 바라보았다.

두 층에 걸쳐 있는 사무실을 두루 다녀야 했기 때문에 이 일을 하는 데 시간이 생각보다 훨씬 많이 걸렸다. 수레 옆에 있으면 사근사근하게 보이던 나는 이걸 밀고 계속해서 엘리베이터를 탔다. 내가 엘리베이터 타는 걸 좋아한 건, 바로 옆, 엘리베이터를 기다리는 장소에 어마어마하게 큰 창문이 있었기 때문이었다. 나는 그 당시에 〈전망 속으로 몸을 날리기〉라고 이름 붙인 놀이를 했다. 코를 창문에 바싹 들이댄 뒤 마음속에서 아래로 떨어졌다. 도시가 발 밑 너무 아득히 있어, 땅에 추락하기 전까지 나는 원하는 대로 그렇게 많은 것을 바라볼 수 있었다.

나는 역할을 찾았다. 단순하고 유용하면서도 인간적이며 명상에 잠기기 좋은, 이 일 속에서 내 영혼의 맥박이 힘차게 뛰었다. 나는 평생 동안 이 일을 했으면 하고 바랐다.

사이토 씨가 나를 자신의 사무실로 불렀다. 솔선해

서 행동했다는 중죄를 저질러 죄인이 된 마당이었으니 혼구멍이 날 만한 일을 한 셈이었다. 직속 상관들의 허락도 구하지 않고 내가 혼자 직무를 만들어 버린 뒤였다. 게다가 회사의 진짜 우편 배달부는 오후에 도착하여 자신이 해고될 참이라고 믿고 울고불고할 태세였다.

「다른 사람한테서 일을 훔쳐 오는 것은 아주 나쁜 행동이오.」 사이토 씨가 옳은 말을 했다.

나는 전도양양한 직종을 그렇게 빨리 그만두는 게 안타까웠다. 뿐만 아니라 회사에서 내 업무에 대한 문제가 또다시 제기되었다.

순진한 나에게 눈이 번쩍 뜨이는 생각이 하나 떠올랐다. 하는 일 없이 회사 안을 어슬렁거리는 동안 나는 거의 한 번도 제대로 날짜가 맞춰져 있는 법이 없는 달력들이 사무실마다 여러 개 있다는 사실을 알게 되었다. 이동식으로 된, 조그마한 빨간색 테두리가 제날짜에 맞춰 당겨져 있지 않든지, 해당하는 달의 페이지로 넘겨져 있지 않은 상태였다.

이번에는, 나는 잊지 않고 허락을 구했다.

「사이토 부장님, 제가 달력 날짜를 맞춰 놓는 일을

해도 될까요?」

그는 별로 신경 쓰지 않고 그러라고 대답했다. 나는 정말 직업을 가지게 됐다고 여겼다.

아침에, 나는 사무실마다 들러 조그마한 빨간색 테두리를 오늘의 날짜로 옮겨 놓았다. 나에겐 직책이 있었다. 달력 맞춤 및 회전 도우미라는.

점차 유미모토사의 직원들이 내가 쏘삭거리며 하는 짓을 알아차렸다. 그들은 이걸 보고 점점 더 재미있어 하며 웃었다.

사람들이 내게 물었다.

「괜찮아요? 이런 고된 일을 하면 너무 피곤하지 않아요?」

나는 웃으면서 대답했다.

「끔찍해요. 비타민을 먹는다니까요.」

나는 내 노역(勞役)을 사랑했다. 그 일은 시간이 너무 조금 걸린다는 단점이 있긴 했지만, 그래도 일을 하면서 엘리베이터를 탈 수 있었고, 따라서 전망 속으로 몸을 날리는 것이 가능했다. 그뿐 아니라 관중들이 즐거워했다.

이 일은 2월에서 3월로 넘어갈 때 절정을 맞았다. 그날은 빨간 테두리만 당겨 놓는 것으로 되지 않아 2월 페이지를 넘기고, 뜯어내기까지 해야 했다.

여러 사무실의 직원들이 마치 운동선수를 대하듯이 나를 맞았다. 나는 유미모토사 달력의 2월 그림으로 나온 눈 덮인 후지산의 대형 사진을 상대로 피도 눈물도 없는 싸움을 하는 흉내를 내며 웅장한 사무라이의 몸놀림으로, 2월을 암살했다. 그러고 나서는 기진맥진한 모습으로, 승리한 전사(戰士)의 절제된 자긍심을 보이며, 환희에 찬 논평가들의 반자이(萬歲) 속에 전장(戰場)을 떠났다.

내 명성에 대한 소문이 사이토 씨의 귀에까지 들어갔다. 내가 한 광대짓에 대해 태산이 진동할 정도의 힐책을 듣게 되리라 예상하고 있었다. 그래서 변명을 준비해 놓은 상태였다.

「달력을 제날짜에 맞춰 놓는 일을 해도 좋다고 허락하셨잖아요.」 그가 노발대발하며 화를 내기도 전에, 내가 먼저 말을 꺼냈다.

그는 언제나처럼 그냥 마뜩지 않다는 억양으로, 전

혀 화내지 않고 대답했다.

「그래요. 계속해도 좋아요. 하지만 더 이상 사람들 시선을 끌 생각은 하지 말아요. 당신 때문에 사람들의 주의가 산만해져요.」

나는 꾸지람이 이 정도로 가벼운 데 놀랐다. 사이토 씨가 말을 이었다.

「나한테 이걸 복사해다 줘요.」

그는 A4 크기의 엄청나게 두툼한 종이 뭉치를 내밀 었다. 종이가 1천 장은 됨 직했다.

내가 복사기의 종이 투입구에 종이 묶음을 맡기자 복사기는 모범이 될 만큼 신속하고 정중하게 일을 처리 했다. 나는 내 상관에게 원본과 복사물을 가지고 갔다.

그는 나를 다시 불렀다.

「복사물의 중심이 약간 어긋나 있어요.」그가 나에게 한 장을 보여 주면서 말했다. 「다시 해 와요.」

종이 투입구에 종이를 잘못 넣은 게 분명하다고 생 각하면서 나는 복사기로 다시 돌아왔다. 이번에는 극 도로 신경을 써서 넣었고, 결과는 흠잡을 데가 없었다. 나는 내 작품을 사이토 씨한테 다시 들고 갔다.

「아까와 다르게 또 중심이 어긋나 있어요.」 그가 나에게 말했다.

「말도 안 돼.」 내가 소리쳤다.

「상관한테 이런 말을 하다니, 무례해도 진짜 너무 무례하군요.」

「죄송합니다. 하지만 완벽하게 복사하려고 신경을 썼는데요.」

「그렇지가 못해요. 여기 봐요.」

그는 내가 볼 때는 나무랄 데가 없는 복사물을 한 장 보여 주었다.

「어디가 잘못됐다는 거죠?」

「여기를 봐요. 테두리하고 완전히 평행이 안 되잖아요.」

「그렇게 보이세요?」

「내가 지금 그렇다고 얘기하고 있는 거 아니요?」

그는 종이 뭉치를 휴지통에 던지고 말을 계속했다.

「종이 투입구에 넣어서 해요?」

「그런데요.」

「옳아, 그래서 그랬군. 종이 투입구를 사용해서는 안

돼요. 마음에 들 만큼 정확지가 않거든.」

「사이토 부장님, 종이 투입구에 넣지 않고 끝까지 다하려면 몇 시간이나 걸릴 텐데요.」

「뭐가 문제요?」 그가 웃었다. 「할 일이 없는 게 바로 문제가 아니었던가요?」

나는 이것이 달력 사건으로 주어진 벌이라는 사실을 깨달았다. 갤리선을 젓는 형에 처해진 사람처럼 나는 복사기에 자리를 잡았다. 매번, 나는 뚜껑을 들어올리고 해당 페이지를 정확하게 올려 놓은 뒤 버튼을 누른 다음 결과를 살펴보아야 했다. 고대 로마의 지하 감옥에 도착했을 때가 오후 3시였는데, 나는 7시가 되어서도 일을 끝내지 못하고 있었다. 직원들이 가끔 지나갔다. 복사할 분량이 열 장이 넘는 사람들한테는 복도의 다른 쪽 끝에 있는 기계를 사용해 줬으면 한다고 공손하게 부탁했다.

나는 내가 복사하고 있는 것의 내용을 흘끗 보았다. 그게 사이토 씨가 회원으로 있는 골프 클럽의 규정이라는 사실을 알고는 배꼽이 빠지도록 웃었다.

곧, 내 상사가 나를 벌하기 위해 낭비하고 있는 죄 없는 불쌍한 나무들 생각에 차라리 울고 싶은 마음이 들었다. 나는 유년 시절 보았던 일본의 숲을, 나처럼 별볼 일 없는 사람을 벌주기 위한 이유만으로 밑동까지 잘려 나간 단풍나무, 삼나무, 은행나무의 모습을 그려 보았다. 그러자 후부키의 성씨가 숲이란 뜻이라는 게 생각났다.

그때 유제품(乳製品) 부서의 책임자인 덴시 씨가 도착했다. 그는 경리부의 부장인 사이토 씨와 같은 직급이었다. 나는 깜짝 놀라 그를 쳐다보았다. 그만큼 높은 간부는 다른 사람을 시켜 복사하게 하는 게 아닌가?

그는 내 무언(無言)의 질문에 대답해 주었다.

「지금이 저녁 8시인데, 우리 사무실에서 아직까지 일하고 있는 사람이 나밖에 없어요. 그런데 말해 봐요. 왜 종이 자동 투입구를 사용하지 않는 거죠?」

나는 사이토 씨의 특급 지시라고 공손하게 웃으면서 답변해 주었다.

「그림이 그려지는군요.」 그가 잔뜩 암시하는 목소리로 말했다.

그리고 생각에 잠기는 것 같더니 내게 물었다.

「벨기에 출신이죠, 맞아요?」

「예.」

「마침 잘됐네요. 지금 당신 나라하고 아주 괜찮은 사업 프로젝트를 추진하려고 하는데, 날 위해서 조사 작업을 좀 해줄 수 있겠어요?」

나는 마치 메시아를 바라보듯 그를 쳐다보았다. 그는 벨기에의 한 조합에서 버터의 지방질을 제거할 수 있는 새로운 공정을 개발했다고 설명해 주었다.

「나는 저지방 버터를 믿어요. 앞으로는 이것밖에 없어요.」 그가 말했다.

나는 말 떨어지기가 무섭게 의견을 꾸며냈다.

「저는 옛날부터 그렇게 생각해 왔어요.」

「내일 내 사무실로 찾아와요.」

나는 하는 둥 마는 둥 복사를 끝냈다. 내 앞에 탁 트인 직장 생활이 펼쳐지고 있었다. 나는 A4 종이 뭉치를 사이토 씨의 책상 위에 올려 놓고는 득의양양해져서 자리를 떴다.

다음 날 유미모토사에 출근했을 때 후부키가 겁에

질린 표정으로 내게 말했다.

「사이토 씨가 다시 복사해 오라고 했어요. 복사물이 중심이 안 맞는다는 거예요.」

나는 까르르 웃고 나서 우리 부서장이 나를 데리고 들러붙는 그 대수롭지 않은 장난에 대해 동료에게 설명해 주었다.

「나는 그가 새로 복사한 걸 읽지조차 않았다고 확신해요. 내가 한 장씩 한 장씩, 1밀리미터까지 정확하게 눈금을 맞춰 복사했는걸요. 도대체 시간이 얼마나 걸렸는지도 모르겠어요. 그것도 그의 골프 클럽 규정 때문에.」

후부키가 자기가 당한 일처럼 여겨, 분노가 묻어 나면서도 자분자분한 목소리로 말했다.

「그 사람이 당신을 고문하고 있는 거죠!」

나는 그녀에게 기운을 북돋아 주었다.

「걱정하지 마요. 그가 하는 짓이 재밌네요.」

나는 이제 원리를 훤히 꿰뚫기 시작한 복사기로 돌아와 종이 투입구에 일을 맡겼다. 사이토 씨가 복사물에는 눈길 한 번 주지 않고 쩌렁쩌렁한 소리로 판결을 내릴 것이라고 확신하고 있었다. 나는 후부키를 생각하면서 감정이 복받쳐 미소를 지었다. 〈그녀는 이렇게 친절해. 그녀가 여기 있으니 얼마나 다행인지!〉

사실, 사이토 씨는 이번에 때맞춰 난리굿을 하고 있었다. 전날, 나는 1천 장을 한 장씩 한 장씩 복사하느라 일곱 시간 넘게 시간을 보냈다. 그러니 이게 오늘 덴시 씨 사무실에서 시간을 보내는 데 완벽한 알리바이가 되는 셈이었다. 종이 투입구를 통해 10여 분 만에 내 일이 끝나 버렸다. 나는 복사물 무더기를 집어 들고 재빨리 유제품 부서로 갔다.

덴시 씨는 나에게 벨기에 조합의 연락처를 주었다.

「나는 이 신제품 저지방 버터에 대해 될 수 있는 한 상세하고 완벽한 보고서가 필요해요. 사이타마 씨 책상에 앉아도 좋아요. 지금 출장 중이에요.」

덴시(天使)는 〈천사〉라는 뜻이다. 나는 덴시 씨가 기가 막히게 어울리는 이름을 가지고 있다고 생각했다. 그는 나에게 기회를 준 것에 그치지 않고, 아무 지시도 하지 않았다. 나에게 완전히 재량껏 해보라고 한 셈인데, 이런 일은 일본에서는 찾아보기 힘들었다. 그리고 그는 누구의 의견도 묻지 않고 이런 결정을 내렸다. 이건 그에게 크나큰 위험이 따르는 일이었다.

나는 이런 사실을 의식하고 있었다. 그래서 덴시 씨를 향해 별안간 무한한 충성심이 솟구치는 걸 느꼈다. 모든 일본인들이 자신의 윗사람에게 가져야 하는, 하지만 내가 사이토 씨나 오모치 씨에 대해서는 꿈에도 생각해 본 적이 없는 충성심 말이다. 덴시 씨는 어느 새 내 지휘관이, 내 중대장이 되어 버렸다. 나는 사무라이처럼, 그를 위해 끝까지 싸울 준비가 되어 있었다.

나는 저지방 버터 전쟁에 투신했다. 시차(時差)로 보아 곧바로 벨기에에 전화를 거는 건 불가능했다. 그래서 나는 버터에 대한 국민들의 식습관이 어떻게 변화하고 있는지, 이런 변화가 국민들의 콜레스테롤 수치에는 어떤 영향을 끼치는지 알아보기 위해, 일본의 소비자 단체들과 보건 관련 정부 부서들을 상대로 조사부터 시작했다. 이 결과, 일본인들의 버터 섭취가 늘어나고 있으며 비만과 심장 혈관 계통의 질환도 계속해서 증가하고 있다는 사실이 밝혀졌다.

전화할 시간이 되어, 나는 벨기에의 조그만 조합에

전화를 걸었다. 전화선 저쪽 끝에서 흘러나오는 억센 사투리 억양을 듣자 그 어느 때보다 목이 메어 왔다. 일본과 전화가 연결되었다는 사실에 흡족한 내 동포가 유감 없이 능력을 발휘해 주었다. 10분 뒤, 나는 그 조합이 권리를 가지고 있는 버터의 지방 제거 공정 신기술에 대한 프랑스어 설명이 적힌 스무 장의 팩스를 받았다.

나는 세기적(世紀的)인 보고서를 작성했다. 이 보고서에는 시장 조사 내용부터 시작해, 일본인들의 버터 소비, 1950년 이후의 변화, 이 변화와 더불어 나타나는 유지방의 과다 섭취로 인한 질병의 변화에 대한 내용이 들어 있었다. 그다음 내용으로, 나는 이전에 사용되었던 버터의 지방 제거 공정을 적고, 이어서 벨기에의 신기술과 이 기술의 뛰어난 장점 등을 적었다. 보고서를 영어로 작성해야 했기 때문에 나는 일을 집으로 가져갔다. 기술 용어를 쓸 때는 사전이 필요했기 때문이었다. 나는 밤에 잠을 자지 않았다.

다음 날, 보고서를 타자로 쳐 덴시 씨에게 제출하면서도 사이토 씨 사무실에 있는 내 자리에 늦지 않고 도착하기 위해, 두 시간 일찍 유미모토사에 도착했다.

사이토 씨는 즉시 나를 불렀다.

「당신이 어제 책상에 놓고 간 복사물을 살펴보았어요. 나아지고 있긴 한데, 아직 완벽하진 않아요. 다시 해와요.」

그는 종이 뭉치를 휴지통에 던졌다.

나는 머리를 숙이고 난 뒤 행동에 들어갔다. 웃음이 나오는 걸 참느라 애를 먹었다.

덴시 씨는 복사기 옆으로 나를 만나러 왔다. 정중함과 남을 존중하는 조심성을 갖춘 그가, 한껏 격앙된 모습으로 나를 칭찬했다.

「당신의 보고서는 훌륭해요. 게다가 당신은 상상을 초월하는 속도로 그걸 작성했어요. 회의에서 누가 보고서의 작성자인지 밝혀도 좋겠소?」

이 사람은 보기 드물게 관대한 사람이었다. 내가 그런 요구를 했다면 선뜻 업무상 과실도 저질렀을 사람이었다.

「제발 그러시지 마세요, 덴시 부장님. 그러면 저뿐 아니라 부장님한테도 안 좋을 거예요.」

「당신 말이 옳아요. 하지만 다음 회의 때 당신이 나한테 도움이 될 것 같다고 사이토 부장과 오모치 부사장한테 말은 해볼 수 있을 거요. 그러면 당신 생각에, 사이토 부장이 기분이 상할 것 같아요?」

「그 반대죠. 그분이 저한테 하라고 지시한 어마어마한 양의 쓸데없는 복사물 좀 보세요. 다 저를 그분 사무실에서 가능한 한 오래 멀찌감치 떼어 놓겠다는 얘기죠. 그분이 어떻게 하든지 저를 멀리하려고 하는 건 분명해요. 그러니 그런 기회를 제공해 주시면 반가워할걸요. 그분은 저를 더 이상 도저히 보아 넘기지 못하고 있어요.」

「그럼 당신 보고서를 내가 쓴 것이라고 하면 언짢지 않겠어요?」

나는 그의 태도에 얼떨떨해졌다. 그는 나 같은 말단 직원을 그렇게 생각해 줄 의무가 있는 사람이 아니었다.

「보세요, 부장님. 부장님이 그걸 작성했다고 하고 싶었다는 것만으로도 저는 정말 영광이에요.」

우리들은 서로에 대해 무척 호감을 가지고 헤어졌다. 나는 확신에 차 미래를 그려 보았다. 조만간 사이토 씨로부터 당하는, 말도 안 되는 괴롭힘도, 복사기도, 내 제2 언어를 말하지 못하는 상황도 끝나게 될 것이다.

비극은 며칠 뒤 일어났다. 나는 오모치 씨의 사무실에 불려 갔다. 나는 그가 왜 불렀는지 모르는 상태에서 눈곱만큼의 두려움도 없이 사무실에 갔다.

부사장의 토굴 속으로 들어섰을 때, 의자에 앉아 있는 덴시 씨의 얼굴이 들어왔다. 그가 내 쪽을 돌아보며 웃었다. 이것은 내가 지금까지 보아 온 웃음 중 가장 선한 웃음이었다. 그 웃음 속에는 이렇게 쓰여 있었다. 〈우리는 차마 입에 올릴 수도 없는 시련을 겪게 될 것이오. 하지만 함께 겪을 것이오.〉

나는 욕지거리가 뭔지 안다고 생각했었다. 그런데 이번에 겪고 보니 예전엔 몰랐다는 생각이 들었다. 덴시 씨와 나는 그가 미친 듯이 고래고래 소리를 지르는 것을 듣고 있어야 했다. 나는 아직도 어떤 게 더 최악이었는지, 내용이었는지 아니면 표현이었는지 분간이 가지 않는다.

내용은 정말 더없이 모욕적이었다. 느닷없이 내 불행

의 동반자가 된 그와 나는 온갖 욕설을 다 들었다. 우리들은 배신자, 버러지만도 못한 인간, 사악하고 교활한 인간, 욕설의 절정인 ─ 개인주의자였다.

표현을 들으면 일본 역사의 여러 측면을 잘 알 수 있었다. 나는 이 끔찍한 고함소리가 멎기만 한다면 더한 일 ─ 만주를 침략하고, 수천 명의 중국인을 박해하고, 천황의 이름으로 자결할 수도, 미군 장갑차 몸체에 내 전투기를 날리는 것, 심지어 두 개의 유미모토사를 위한 일까지 ─ 도 할 수 있었을 것이다.

가장 참기 힘들었던 것은 내 잘못으로 나의 구세주가 수모를 당하는 모습을 지켜보는 일이었다. 덴시 씨는 머리가 좋고 양심적인 사람이었다. 그런 사람이 앞뒤 상황을 다 알고도 나를 위해 엄청난 위험을 감수했다. 어떤 개인적인 이해 관계 때문에 그런 행동을 한 것이 아니라, 단지 무조건적으로 남을 위하는 마음에서 행동했을 따름이었다.

나는 그를 따라 하려고 애썼다. 그는 머리를 숙이고 더러더러 어깨를 숙였다. 그의 얼굴에는 굴종과 수치심이 배어 났다. 나는 그를 따라 했다. 드디어 비곗덩어리가 그에게 말을 했다.

「당신은 회사를 물먹이는 것 말고 다른 목적은 가져 본 적도 없는 사람이오!」

내 머릿속에서 모든 것이 아주 빠르게 스쳐 지나갔다. 이 일이 장차 내 수호 천사의 승진에 장애가 되어서는 안 되었다. 나는 부사장의 고함이 천둥소리를 내며 비 오듯 쏟아지는 속으로 뛰어들었다.

「부장님은 회사를 물먹이려고 한 게 아니었어요. 업무를 맡겨 달라고 애원한 사람은 바로 저예요. 책임이 있는 사람은 저 하나밖에 없어요.」

말을 하고 나서는, 내 불행의 동반자가 어쩔 줄 모르는 시선으로 나를 쳐다보는 모습만 순간적으로 눈에 들어왔다. 그의 눈에서 나는 〈입 다물어요, 제발!〉 하는 소리를 읽었다. 이런, 너무 늦어 버렸다.

오모치 씨는 잠시 입을 다물지 못하고 있더니 나에게로 다가와 길길이 날뛰며 면전에 대고 소리를 질렀다.

「감히 변명을 하다니!」

「아뇨, 그 반대예요. 지금 가슴이 무너져 내려요. 모든 잘못은 제게 있어요. 벌을 받아야 할 사람은 저예요,

저밖에 없어요.」

「당신이 감히 이 사악한 인간을 두둔해.」

「부장님 편을 들 필요는 전혀 없어요. 부사장님이 부장님에 대해 하는 비난은 말도 안 돼요.」

나는 내 구세주가 눈을 감는 것을 보고, 돌이킬 수 없는 얘기를 해버렸다는 사실을 깨달았다.

「지금 감히 내 말이 틀렸다고 우기고 있는 거요? 당신은 상상을 초월할 정도로 무례하군요!」

「제가 어떻게 감히 그렇게 우길 수 있겠어요? 다만 부장님이 저를 변호하려고 틀린 얘기를 했다는 말씀을 드리는 거예요.」

지금 우리가 처한 상황으로 보아 더 이상 아무것도 두려워해서는 안 된다는 생각을 하고 있는지, 내 불행의 동반자가 입을 열었다. 그의 목소리에서 자존심이 땅바닥까지 떨어진 게 느껴졌다.

「제발 부탁드립니다. 그녀를 탓하지 마십시오. 그녀는 자기가 하는 얘기가 뭔지도 모르고 있습니다. 서양 사람인 데다 젊고 경험도 전혀 없습니다. 제가 변명의 여지가 없는 잘못을 저질렀습니다. 얼굴을 들지 못하겠습니다.」

「그렇지. 당신, 당신은 변명할 수가 없지!」 뚱뚱보가 고래고래 소리를 질렀다.

「제가 크나큰 실수를 했지만 그래도 아멜리 상의 보고서가 얼마나 훌륭한지는, 또 아멜리 상이 얼마나 놀라울 정도로 빨리 보고서를 작성했는지는 짚고 넘어가야 할 것 같습니다.」

「그게 문제가 되는 게 아니잖소! 이 일은 사이타마 씨가 할 일이었단 말이오!」

「그는 출장 중이었습니다.」

「출장에서 돌아올 때까지 기다렸어야 해요.」

「이 신제품 저지방 버터에 우리 말고 다른 데서도 많이 눈독을 들이고 있는 게 분명합니다. 사이타마 씨가 출장에서 돌아와 이 보고서를 작성할 때까지 기다리는 동안 다른 쪽에서 선수를 쳤을 수도 있습니다.」

「혹시 지금 사이타마 씨 업무 능력을 문제삼고 있는 거요?」

「절대 그렇지 않습니다. 하지만 사이타마 씨는 프랑스어를 못 하고 벨기에라는 나라도 모릅니다. 아마 아멜리 상보다 훨씬 많은 어려움에 부딪쳤을 겁니다.」

「그만해요. 그 역겨운 실용주의는 서양인들한테나 어울리는 거지.」

나는 이런 얘기를 아무 거리낌 없이 내 코앞에서 하는 것이 조금 지나치다고 생각했다.

「제가 서양인이라 돼먹지 못한 점을 용서해 주십시오. 우리가 잘못을 저질렀어요, 좋아요. 그렇다고 해도 우리의 나쁜 행동이 이득이 된 점도…….」

내가 말을 잇지 못하게 위협적인 눈빛으로 쏘아보며 그가 나에게 다가왔다.

「당신, 내가 당신한테 경고하는데, 그게 당신의 처음이자 마지막 보고서요. 당신은 아주 곤란한 상황에 처했어요. 나가요! 당신을 다시 보고 싶지 않으니까!」

나는 그가 두 번 소리 지르게 하지 않았다. 복도에서, 이 햄프셔 돼지 같은 위인이 버럭버럭 화를 내는 소리, 피해자가 회오(悔悟)의 침묵을 지키고 있는 게 여전히 귀에 들렸다. 잠시 후 문이 열리고 덴시 씨도 밖으로 나왔다. 어쩔 수 없이 온갖 욕설을 받아 낸 뒤, 주눅이 든 우리는 함께 부엌으로 갔다.

「당신을 이 일에 끌어들여 미안해요.」 그가 나에게 말을 하기 시작했다.

「제발 부탁이에요, 부장님. 잘못했다고 하지 마세요. 제 평생 동안 부장님에게 감사하면서 살 거예요. 부장님은 여기서 저에게 유일하게 기회를 주신 분이에요. 정말 용기 있고 너그러우셨어요. 처음부터 이미 그런 줄 알고 있었지만, 부장님에게 벌어진 일을 눈으로 보고 나니 더 잘 알겠어요. 부장님이 그분들을 과대 평가하신 거예요. 그 보고서를 제가 썼다는 말씀을 하지 않으셨어야 해요.」

그는 아연실색하여 나를 쳐다보았다.

「내가 그 얘기를 한 게 아니오. 우리가 했던 얘기를 한번 떠올려 봐요. 나는 고위층에, 하네다 사장님에게 조심스럽게 얘기를 할 참이었어요. 뭔가 일을 성사시키기 위해서 나로서는 유일한 방법이었소. 오모치 부사장한테 얘기를 하면 낭패를 보기밖에 더했겠소.」

「그럼 부사장한테 그 얘기를 한 게 사이토 부장인가요? 이런 나쁜 자식, 멍텅구리 같으니라고. 나를 가만히 내버려 두고도 떼어 놓을 수 있었을 텐데. 아니, 아니지, 이렇게 나와야 했겠지…….」

「사이토 부장을 너무 욕하진 마요. 그 사람은 당신이 생각하는 것보다 훨씬 좋은 사람이오. 그리고 우리를 찌른 건 그 사람이 아니오. 내가 오모치 부사장 책상에 올려져 있는 쪽지를 봤는데, 누가 그걸 썼는지 보였어요.」

「사이타마 씬가요?」

「아니오. 정말 누구인지 얘기해 줬으면 좋겠소?」

「그래 주셔야 해요.」

그가 한숨을 내쉬었다.

「쪽지에 모리 양의 서명이 있었어요.」

나는 둔기로 머리를 한 대 맞은 것 같았다.

「후부키요? 그럴 리가요?」

내 불행의 동반자가 입을 다물었다.

「믿어지지 않아요.」 내가 말을 이었다. 「그녀에게 이 쪽지를 쓰라고 지시한 사람은 분명히 그 비겁한 사이토 부장일 거예요. 자기가 이를 용기도 없어서 남을 시켜 밀고하는 거예요.」

「당신은 사이토 부장에 대해 잘못 알고 있어요. 사이

토 부장이 변통성이 없고 소심한 데다 약간 둔한 것은 사실이지만 나쁜 사람은 아니오. 절대 부사장이 우리한테 그렇게 화를 내게는 안 했을 거요.」

「후부키는 그런 일을 할 사람이 못 돼요.」

덴시 씨는 재차 한숨만 내쉬고 있었다.

「왜 그녀가 그런 짓을 했을까요?」 내가 계속 말을 이었다. 「그녀가 당신을 끔찍이 싫어하나요?」

「아, 아니오. 그녀가 나를 상대로 그런 짓을 한 게 아니오. 결국, 이 일은 나보다 당신한테 더 안 좋아요. 나, 나는 이 일로 손해 본 게 없어요. 그런데 당신, 당신은 그것 때문에 한참, 아주 한참 동안 승진할 기회를 박탈당하는 거요.」

「도대체, 난 이해가 안 돼요. 그녀는 나한테 항상 우정 어린 모습을 보여 줬어요.」

「그렇겠죠. 당신의 직무가 달력을 넘기고 골프 클럽 규정이나 복사하는 것인 동안은 그렇겠죠.」

「하지만 내가 그녀의 자리를 빼앗는다는 건 있을 법하지도 않은 일이에요.」

「그렇죠. 그녀는 한 번도 그걸 염려한 게 아니지요.」

「아니 그렇다면, 왜 그녀가 내 일을 일렀을까요? 내가 당신을 위해 일하는 게 어떤 면에서 그녀에게 거슬린다는 거죠?」

「모리 양은 지금의 직책에 오르기까지 몇 년 동안 많이 힘들었어요. 그녀는 당신이 유미모토사에 입사한 지 10주 만에 이 정도로 승진을 했다는 사실을 틀림없이 받아들이기 힘들었을 거요.」

「믿어지지 않아요. 그러면 그녀가 너무 비참해지는 거잖아요.」

「내가 당신에게 얘기해 줄 수 있는 것은 단지 그녀가 입사 처음 몇 해 동안 여기서 정말로 너무, 너무 힘들어했다는 것뿐이오.」

「아니, 그러니까, 그녀는 내가 같은 신세가 됐으면 한다는 거예요? 너무 애처롭네요. 그녀와 얘기를 해봐야겠어요.」

「정말 그렇게 할 작정이오?」

「물론이에요. 얘기를 하지 않으면서 어떻게 상황이 나아지는 걸 바라겠어요?」

「방금 전, 오모치 부사장이 우리에게 욕을 잔뜩 퍼붓

고 있을 때 당신이 그에게 말을 했죠. 그러고 나서 상황
이 호전된 것 같아 보여요?」

「분명한 건, 얘기하지 않으면 문제를 해결할 가능성
이 전혀 없다는 거죠.」

「내가 볼 때 더 분명한 건, 얘기를 하면 상황을 악화
시킬 위험이 상당히 크다는 거요.」

「마음 놓으세요, 부장님을 이 일에 끌어들이지는 않
겠어요. 하지만 저는 후부키한테 말을 해야 해요. 그러
지 않으면 돌아 버릴 거예요.」

모리 양은 놀라면서도 깍듯한 인상으로 나의 제의를
받아들였다. 그녀는 나를 따라왔다. 회의실이 비어 있
어서 우리는 거기에 자리를 잡고 앉았다.

나는 부드럽고 차분한 목소리로 말하기 시작했다.

「나는 우리가 친구라고 생각했는데. 이해를 할 수 없
어요.」

「뭘 이해 못 하겠다는 얘기죠?」

「나를 찔렀다는 사실을 부인하려는 거예요?」

「나는 부인할 게 전혀 없어요. 규정을 적용했을 따름

이죠.」

「당신한테는 우정보다 규정이 더 중요한가 보죠?」

「우정이라는 말은 정말 너무 굉장한 말이네요. 나는 그냥 〈좋은 동료 사이〉라고 하겠어요.」

그녀는 꾸밈없고 사분사분하게 침착성을 보이며 이 끔찍한 문장들을 또랑또랑 내뱉었다.

「알겠어요. 당신 생각에는, 당신이 그런 태도를 보이고 나서도 우리 관계가 계속해서 좋을 수 있을 것 같아요?」

「당신이 사과하면 나는 악감정은 안 품을 거예요.」

「상당히 유머 감각이 있군요, 후부키.」

「기가 막히네. 당신은 치명적인 실수를 해놓고도 마치 자신이 상처를 입은 사람인 양 행동하고 있군요.」

내가 이 말을 너무 제대로 받아친 게 잘못이었다.

「이상하네요. 나는 일본인들은 중국인들과 다르다고 생각해 왔는데요.」

그녀는 무슨 말인지 모르고 나를 쳐다보았다. 나는 말을 계속했다.

「그렇죠. 밀고하는 게 뭐 공산주의 전에는 중국적인

가치가 아니었나요? 지금까지도 여전히, 예를 들어 싱가포르의 화교들은 자식들한테 어린 친구들을 고자질하라고 부추기고 있다지요. 나는 일본인들, 그들은 본디 명예를 소중히 여긴다고 생각했죠.」

내가 그녀의 화를 돋운 게 분명했다. 그런데 이건 전략상의 실수였다.

그녀가 미소를 지었다.

「당신이 내게 훈계할 입장에 있다고 생각해요?」

「후부키, 당신 생각에는 왜 내가 당신에게 면담을 요청한 것 같아요?」

「생각이 모자라서.」

「화해하고 싶은 생각에서라고는 상상이 안 되나요?」

「좋아요. 사과해요, 우리 서로 화해하게 될 테니.」

나는 한숨을 내쉬었다.

「당신은 똑똑하고 영민한 사람이에요. 그런데 왜 못 알아듣는 척하는 거죠?」

「거드럭대지 말아요. 당신 심리 상태를 파악하는 건 아주 쉬우니까.」

「거 잘됐네요. 그렇다면 내가 분개하는 것도 이해하

겠군요.」

「이해는 하겠지만 인정은 안 돼요. 당신 태도 때문에 약이 올랐어야 할 사람은 바로 나지요. 당신은 그럴 자격도 없으면서 승진을 탐냈다고요.」

「그렇다고 합시다. 나는 자격이 없어요. 그런데 도대체 그게 당신에게 뭐 어떻다는 거예요? 나한테 기회가 왔다고 해서 당신이 손해를 보는 건 절대 아니잖아요.」

「나는 스물아홉이고 당신은 스물두 살이에요. 나는 작년부터 지금의 직책을 맡고 있어요. 이 자리에 오르려고 몇 년 동안 기를 썼죠. 그런데 당신은, 당신은 몇 주 만에 그만한 직책을 거머쥐겠다고 생각을 했단 말이에요?」

「그래, 바로 그거군요. 당신은 내가 힘들어 하는 모습을 보고 싶은 거예요. 다른 사람에게 기회가 오는 꼴을 못 보는군요. 유치해요.」

그녀가 가소롭다는 웃음을 살짝 지었다.

「그런데 지금 당신이 하는 것처럼 자신의 상황을 힘들게 만드는 게, 이게 사려 깊은 행동이라고 생각해요? 나는 당신의 상관이에요. 나한테 이렇게 막 말해도 된다고 생각해요?」

「당신은 내 상관이지요, 맞아요. 나는 그럴 권리가 없어요, 알고 있어요. 하지만 내가 얼마나 상심했는지 당신이 알아주었으면 했어요. 나는 당신을 그 정도로 존경하고 있었으니까.」

그녀가 우아하게 웃었다.

「나는, 나는 실망 안 했어요. 당신을 존경하고 있지 않았으니까.」

다음 날 아침, 유미모토사에 도착했을 때, 모리 양이 내게 새로운 직무를 맡긴다고 알려 주었다.

「부서는 바뀌지 않아요. 왜냐하면 여기서 그대로, 경리부에서 일하게 될 거니까.」

나는 웃음이 나왔다.

「경리, 내가 말이에요? 왜, 공중 그네 곡예사를 시키지 그래요?」

「경리라는 말은 너무 대단한 말이지요. 나는 당신이 경리가 될 수 있을 거라고 생각 안 해요.」 그녀가 측은해하는 미소를 지으며 말했다.

그녀는 요 몇 주 동안의 송장(送狀)이 쌓여 있는 큰 서랍을 나에게 보여 주었다. 그러고 나서 유미모토사 열한 개 부서의 약자가 각각 써 있는 아주 큼지막한 장부들이 정돈되어 있는 수납장을 가리켰다.

　　「당신이 할 일은 식은 죽 먹기처럼 간단하니까, 딱 당신 능력으로 할 수 있는 일이죠.」 그녀는 교사가 학생을 가르치듯이 말했다. 「우선 날짜별로 송장을 분류해야 해요. 그다음 각 송장이 어느 부서에 속하는지 판단을 하는 거죠. 이걸 한번 예로 들어 보죠. 핀란드산 에멘탈 치즈가 1천 1백만이라. 이것 봐라, 웬 재미있는 우연이람, 유제품 부서네. DP 송장 대장을 찾아서 각 칸마다 날짜, 회사, 금액을 베껴 적는 거죠. 송장을 기입하고 분류했으면 여기 서랍에다 정리해요.」

　　이 일이 어렵지 않다는 것은 인정해야 했지만 나는 놀라움을 감추지 않았다.

　　「이게 전산화가 안 됐어요?」

　　「아니, 월말에 우나지 씨가 모든 송장을 컴퓨터에 입력할 거예요. 그때 당신이 일해 놓은 걸 그대로 다시 베끼기만 하면 될 테니까, 시간이 얼마 안 걸리겠죠.」

처음 며칠 동안 나는 가끔 어떤 송장 대장에다 기입
해야 할지 망설였다. 나는 후부키한테 물어 봤고, 그녀
는 성가신 듯하지만 정중하게 대답했다.

「Reming Ltd, 이게 뭐예요?」

「비철 금속. MM 부서.」

「Gunzer GMBH, 이건 뭐예요?」

「화학 제품. CP 부서.」

금세 나는 모든 회사와 그 회사가 속하는 부서를 속
속들이 알게 되었다. 일이 점점 더 쉽게 보였다. 지루하
기 짝이 없는 일이었는데, 나는 그게 싫지 않았다. 왜냐
하면 이걸 하면서 정신을 다른 데다 쏟을 수 있었기 때
문이었다. 이렇게 송장을 기입하다가, 내 밀고자의 그
토록 아름답기만 한 얼굴을 찬미하면서 꿈을 꾸기 위
해 종종 고개를 들곤 했다.

몇 주가 지나고 나는 점점 차분해졌다. 나는 이 상태
를 송장의 평정이라고 불렀다. 중세의 필경사 수도승
이라는 직업과 내 직업 사이에 별반 차이가 없었다. 나
는 며칠을 통째로 글자와 숫자를 다시 베껴 쓰는 데 보
냈다. 내 뇌가 평생 동안 지금처럼 회전 요청을 거의 받

지 않은 적도 없었다. 그래서 기막힌 고요함을 맛보고 있는 것이다. 회계 장부로 하는 선(禪) 수련이었다. 문득, 이렇게 달치근하니 넋을 놓고 40년 생을 보내야 한다 하더라도 괜찮을 것 같다고 내가 생각하고 있었다는 사실을 깨달았다.

와, 내가 바보라서 대학 공부를 했다니! 사실 바보짓을 되풀이하면서 행복에 겨워하는 내 머리통보다 덜 이지적인 것도 없을 것이다. 나는 관상(觀想) 수도회에 투신할 운명이었다, 이제 그걸 알게 되었다. 아름다움을 감상하며 숫자를 적는 것, 그건 행복이었다.

후부키 말이 옳았다. 나는 덴시 씨와 함께 있으면서 내 갈 길을 착각한 것이다. 나는 비빔밥 그릇 옆에 버터를 올려 놓은 것처럼 그 보고서를 작성했던 것이다. 그러고 보니 이 경우에 너무도 부합하는 말이었다. 내 머리는 정복자들의 계보에 속하는 것이 아니라, 자비의 열차가 지나가기를 기다리면서 송장 풀밭에서 풀이나 뜯어먹는 암소의 혈통을 이어받은 것이었다. 교만을 버리고 지능 없이 사는 것이 얼마나 행복한 일이었는지! 나는 겨울잠을 자고 있었다.

월말에 우나지 씨가 내가 해놓은 일을 전산화하러 왔다. 내가 칸칸이 적어 놓은 글자와 숫자를 그가 다시 입력하는 데 이틀이 걸렸다. 나는 유용한 연결 고리가 됐다고 터무니없이 뿌듯해했다.

우연 ― 아니면 운명이었던가? ― 인지 그가 CP 송장 대장 작업을 마지막으로 남겨 두었다. 그는 먼저 열 개의 회계 장부 작업을 할 때와 마찬가지로 별 군소리 없이 자판을 두드리기 시작했다. 몇 분 뒤 나는 그가 기절하며 지르는 소리를 들었다.

「말도 안 돼! 말도 안 돼!」

그가 점점 희번덕희번덕 하며 페이지를 넘겼다. 그러더니 신경질적으로 자지러지게 웃기 시작했고, 이 소리는 시간이 지나면서 단속적으로 키득키득하는 웃음소리로 변해 줄달아 들렸다. 거대한 사무실에 있던 40명의 직원이 어안이 벙벙해 그를 쳐다보았다.

나는 영 거북하게 느꼈다.

후부키가 자리에서 일어나 그에게로 뛰어갔다. 그는 미친 듯이 웃으며 송장 대장의 꽤 여러 페이지를 그녀에게 가리켰다. 그녀가 내 쪽으로 고개를 돌렸다. 그녀는 자신의 동료처럼 병적으로 히히대며 웃지 않았다. 대신 파랗게 질려 나를 불렀다.

「이게 뭐죠?」 그녀가 욕을 먹은 줄 가운데서 하나를 보여 주며 불퉁스럽게 말했다.

내가 소리내어 읽었다.

「어, GMBH의 송장인데, 날짜는…….」

「GMBH라고? GMBH!」 그녀가 버럭 화를 냈다.

경리부의 40명 직원이 요란스럽게 웃었다. 나는 상황 파악이 안 됐다.

「GMBH가 뭔지 나한테 설명해 줄 수 있어요?」 나의 상사가 팔짱을 끼면서 나에게 물었다.

「우리가 자주 거래하는 독일의 화학 업체죠.」

와르르 웃는 소리가 점점 더 커졌다.

「GMBH 앞에 번번이 한 개, 혹은 여러 개의 이름이 오는 게 눈에 들어오지 않던가요?」 후부키가 계속해서 말했다.

「봤어요. 내 생각에 그 회사의 여러 계열사 이름인 것 같아요. 그래서 송장 대장에다 이런 세부 사항을 적어 복잡하게 만들지 않는 편이 낫다고 판단했죠.」

늘 쩔쩔매는 모습을 보이는 사이토 씨마저도 이번에는 나오는 대로, 점점 더 크게 웃고 있었다. 그런데 후부키는, 그녀는 여전히 웃지 않았다. 그녀의 얼굴에서는 꾹꾹 누르고 있는 섬뜩한 노기(怒氣)가 느껴졌다. 만약 내 뺨을 갈길 수 있다면 그렇게 했을 것이다. 그녀가 검처럼 날이 선 목소리로 내게 쏘아붙였다.

「멍청이! GMBH가 영어 Ltd, 프랑스어 S.A.의 독어 표기라는 거 알아 둬요. 당신이 출중하게도 GMBH라는 이름 아래 뒤섞어 놓은 회사들은 서로 아무 상관도 없는 회사들이죠. 우리가 거래하는 미국, 영국, 호주의 모든 회사들을 지칭하기 위해 Ltd라고만 써놓은 것과 똑같은 거예요! 도대체 시간이 얼마나 걸려야 당신이 저지른 실수를 만회할 수 있을까?」

나는 세상에 둘도 없는 멍청한 변명을 택했다.

「웬일이야, 독일 사람들. 주식 회사라고 하려고 그렇게나 긴 약자를 쓸 생각을 하다니.」

「바로 그거지. 당신이 멍청한 게, 그게 아마 독일 사람들 잘못이겠죠?」

「후부키, 진정해요. 난 그걸 알 수가 없었어……」

「당신이 그걸 알 수가 없었다고? 당신네 나라는 독일과 국경을 접하고 있죠. 게다가 지구 반대편에 살고 있는 우리가, 우리들이 알고 있는 걸 당신이 알 수가 없었다고?」

끔찍한 얘기가 입에서 튀어나오려고 했는데 하느님 덕분에 겨우 속에 묻어 둘 수 있었다. 〈아마, 벨기에가 독일과 국경은 접하고 있겠지만, 일본은, 지난 전쟁 동안, 독일과 국경보다 더한 것도 같이 나누지 않았냐고.〉

나는 전의(戰意)를 상실하고 고개만 숙였다.

「거기 그렇게 가만히 서 있지 말고, 가서 한 달 전부터 당신이 해박한 지식으로 화학 제품 파일에 분류한 송장이나 찾아 와요!」

서랍을 열면서 내가 정리한 다음에 화학 제품 파일이 아찔할 정도로 부피가 늘어났다는 사실을 확인하자 웃음이 나올 지경이었다.

우나지 씨와 모리 양 그리고 나, 우리들은 일을 시작했다. 열한 개의 송장을 다시 제대로 정리하는 데 사흘이 걸렸다. 이보다 훨씬 더 심각한 사건이 터졌을 때는 이미 내가 밉보이고 난 뒤였다.

이 사건의 첫번째 징후는 꼿꼿한 우나지 씨의 우람한 어깨가 들썩들썩 하는 것이었다. 이건 그가 곧 웃기 시작한다는 뜻이었다. 진동이 그의 가슴을 지나 목구멍까지 도달했다. 마침내 웃음이 솟구쳐 나왔고, 나는 오싹 소름이 돋았다.

화가 뻗쳐 벌써 창백해진 후부키가 물었다.

「그녀가 이번엔 〈또〉 무슨 짓을 한 거죠?」

우나지 씨는 후부키에게 송장과 회계 장부를 함께 내밀었다.

그녀는 손 뒤에 얼굴을 묻었다. 나한테 벌어질 일을 생각하니 구역질이 날 것 같았다. 그들은 그러고 나서 페이지를 넘기면서 여러 송장에 표시를 했다. 후부키는 내 팔을 덥석 잡았다. 한 마디 말도 없이, 그녀는 모방 불가능한 내 글씨가 베껴 놓은 금액을 가리켰다.

「연속해서 제로가 네 개 이상 나오기만 하면 당신은 정확하게 베껴 쓰지를 못하잖아요. 번번이 최소한 제로를 하나 이상씩 덧붙이거나 빼고 있어요.」

「어, 정말이네.」

「당신 알기나 해요? 당신이 잘못해 놓은 것을 찾아

서 고치는 데 우리가 과연 몇 주나 보내야 하는지?」

「쉽지 않아요, 꼬리를 물고 나타나는 이놈의 제로들이…….」

「입 다물어요!」

그녀는 팔을 잡아끌며 나를 밖으로 데리고 나왔다. 우리는 빈 사무실에 들어갔고 그녀는 문을 닫았다.

「당신 부끄럽지 않아요?」

「미안해요.」 내가 처량하게 말했다.

「아니, 당신 지금 그렇지 않아요. 당신은 내가 속아 넘어갈 거라고 생각해요? 이렇게 차마 입에 올릴 수도 없는 실수를 하는 건 나한테 복수하기 위해서잖아요!」

「당신한테 맹세하는데 절대 그렇지 않아요!」

「내가 잘 알아요. 유제품 일로 당신을 부사장한테 이른 내가 너무 원망스러워서 나를 공개적으로 우습게 만들려고 작정한 거잖아요.」

「우습게 된 건 나지, 당신이 아니에요.」

「나는 당신의 직속 상사고, 당신한테 이 일을 맡긴 사람이 나라는 건 모든 사람이 다 알고 있어요. 그러니 당신 행동에 대한 책임이 있는 것도 나지요. 당신은 그걸 잘 알고 있죠. 당신은 정말이지 다른 서양 사람들하고 똑같이 저속하게 처신하네요. 당신네들은 회사의 이익보다 개개인이 우쭐대는 게 중요한 사람들이죠. 당신한테 보인 내 태도에 앙갚음하려고, 잘못하면 불똥이 내게로 튄다는 사실을 명백히 알면서도, 당신은 유미모토사의 경리부를 물먹이는 일을 서슴지 않고 한 거죠!」

「나는 아무것도 몰랐어요. 고의로 이런 실수를 한 게 아니에요.」

「아니지, 그게 아니지. 나는 당신이 머리가 나쁜 걸 모르는 바 아니지요. 하지만 아무리 멍청해도 이런 실수는 할 수 없어요.」

「여기, 나 있잖아요.」

「그만! 당신이 거짓말하고 있다는 거 알아요.」

「후부키, 부러 잘못 베껴 쓴 게 아니라고 내 명예를 걸고 당신한테 말할 수 있어요.」

「명예? 당신이 도대체 명예가 뭔지 알기나 해요?」

그녀가 코웃음을 쳤다.

「서양에도 명예라는 게 있답니다.」

「아! 그런데도, 당신이 천치 중의 천치라고 떳떳하게 말하는 게 지금 명예로운 거라고 생각하는군요?」

「내가 그 정도로 바보라고는 생각 안 해요.」

「알아 둘 게 있어요. 당신은 배신자거나 멍텅구리 둘 중 하나예요. 다른 가능성은 있을 수 없어요.」

「아뇨, 있어요. 그냥 나예요. 정상적인 사람들 중에도 숫자를 세로로 쭉 늘어놓은 걸 제대로 베껴 쓰지 못하는 사람이 있어요.」

「일본에는, 그런 사람이 없어요.」

「누가 감히 일본의 우월성에 이의를 제기할 수 있겠어요?」 내가 뉘우치는 표정을 하면서 말했다.

「당신이 정신 지체아 부류에 속한다면 내가 이 일을 맡기기 전에 그렇다고 얘기를 했어야죠.」

「내가 그런 부류에 속하는지 몰랐어요. 살면서 한 번도 숫자가 쭉 내려 써 있는 걸 베껴 써본 적이 없거든요.」

「어쨌든 그런 장애라는 게 참 신기하네요. 액수를 그대로 다시 적는 데는 전혀 머리가 필요하지 않은데.」

「바로 그거예요. 내 생각에, 바로 그게 나 같은 부류의 사람들한테 나타나는 문제인 것 같아요. 지능이 발휘될 필요가 없으면 두뇌가 잠을 자거든요. 그래서 제가 실수를 하는 거죠.」

후부키의 얼굴에서 드디어 전의(戰意)가 사라지고 재미있어하며 놀라는 기색이 읽혔다.

「당신의 지능은 필요가 생겨야 발휘된다? 거, 별나네.」

「지극히 정상적이지요.」

「좋아요. 내가 당신의 지능이 발휘될 필요가 있는 일이 뭔지 생각해 볼 테니까.」 이렇게 말하는 데 아주 기막힌 재미를 보는 양, 내 상관이 되풀이해서 말했다.

「그 사이에 우나지 씨한테 가서 제가 실수한 걸 고치게 도와 드려도 될까요?」

「그건 절대 안 돼요! 이만큼으로도 충분히 피해를 끼쳤으니까!」

가련한 동료가 내가 손을 대서 망가뜨려 놓은 송장 대장의 질서를 바로잡느라고 시간을 얼마나 보냈는지 나는 모른다. 하지만 모리 양이 내 능력으로 할 수 있다고 생각되는 일을 찾아내는 데는 이틀이 걸렸다.

집채만 한 파일이 책상 위에서 나를 기다리고 있었다.

「출장 경비 명세서를 확인하는 일을 하게 될 거예요.」 그녀가 나에게 말했다.

「또 경리 일이에요? 제가 어떤 장애를 가지고 있는지 말씀드렸을 텐데요.」

「이건 아무 상관 없는 일이죠. 이 일을 하려면 당신의 지능이 발휘돼야 할 거예요.」 그녀가 비아냥거리는 미소를 지으며 자세히 말했다.

그리고 파일을 펼쳤다.

「자, 여기 시라나이 씨가 뒤셀도르프에 출장 갔을 때 쓴 경비를 지급받기 위해 작성한 서류가 있어요. 그가 한 계산을 하나도 빠짐없이 다시 해본 뒤 혹시 단 1엔이라도 계산에 차이가 있으면 이의를 제기해야 해요. 대부분의 계산서가 마르크화로 결제되었기 때문에 이렇게 하려면 영수증에 적힌 날짜의 마르크화 환율을 기준으로 계산해야 해요. 환율이 매일 바뀐다는 걸 명심해요.」

그때부터 내 인생 최대의 악몽 중 하나가 시작되었다. 이 새로운 임무가 부여된 그 순간부터 내 존재에서 시간 개념이 사라지고 대신 형벌의 불멸성이 자리를 차지했다. 한 번도, 단 한 번도, 내가 확인하도록 되어 있던 금액과 똑같지는 않다 하더라도, 최소한 비슷하기라도 한 결과가 나오는 법이 없었다. 예를 들어 그 간부가 자신이 유미모토사에서 받아야 하는 돈이 93,372엔이라고 계산했으면, 나는 15,211엔, 아니면 172,045엔이 나오는 것이었다. 그리고 즉시 착오는 내게 있었음이 드러났다.

첫날 일을 마치면서 나는 후부키한테 말했다.

「내가 이 임무를 완수할 수 있을 것 같지 않아요.」

「그렇지만 지능 발휘가 필요한 일인걸요.」 그녀가 응수했다. 할 말이 없음.

「아무리 해도 안 되는걸요.」 나는 애처롭게 고백했다.

「익숙하게 될 거예요.」

익숙하게 되지가 않았다. 기를 쓰고 노력을 해도 나는 이 일을 할 능력이 없는, 도저히 구제 불능인 것으로 나타났다.

내 상사는 얼마나 쉬운 일인지 나에게 보여 주려고 파일을 잡아챘다. 그녀는 서류 하나를 집은 뒤 자판을 들여다보고 말고 할 필요도 없는 계산기를 전광석화와 같이 두들기기 시작했다. 4분도 채 안 되어 그녀의 결론이 나왔다.

「1엔도 차이가 안 나고 사이타마 씨 금액하고 똑같이 나왔네요.」

그러고 나서 그녀는 보고서 위에 자기 도장을 찍었다.

다시 한 번 확인된, 타고난 불평등에 넋이 나간 채, 나는 다시 중노동을 시작했다. 그렇게 했는데, 후부키가 3분 50초 만에 해치워 버린 일을 12시간씩이나 해도 마무리 지을 수 없었다.

그녀가, 아직 내가 서류 하나도 처리하지 못했다고 지적했을 때가 도대체 며칠이나 흐른 뒤였는지 알 수 없다.

「단 한 개도!」 그녀가 소리를 질렀다.

「그러네요.」 주어질 벌을 기다리면서 내가 말했다.

나한테는 너무 불행하게도, 그녀는 그냥 달력만 가리켰다.

「파일이 월말까지 마무리돼야 한다는 거 명심해요.」

그녀가 소리소리 지르기 시작하는 게 차라리 좋았을 것이다.

며칠이 더 지났고, 나는 생지옥에 있었다. 소수점과 소수로 된 숫자 회오리가 쉴 새 없이 내 얼굴로 날아왔다. 이 소용돌이는 뇌 속에서 불투명한 마그마로 변했고, 나는 더 이상 어떤 게 어떤 것인지 분간할 수 없게 되었다. 안과 의사는, 시력이 문제가 되는 게 아니라고 확인해 주었다.

항상 숫자가 지닌 고요한 피타고라스적 아름다움을 숭배해 왔던 나였는데, 이제 숫자는 나의 적이 되었다. 계산기도 나의 불행을 바라고 있었다. 나에게 나타난 대뇌 활동 장애 중에 이런 게 있었다. 자판을 5분 이상 두드려야 하는 상황이 되면, 갑자기 손이 걸쭉하고 끈끈한 감자 퓌레에 쑥 담그기라도 한 것처럼 끈적끈적하게 되었다. 네 개의 손가락이 회복 불가능한 상태로 꼼짝 못 하고 있었다. 겨우 집게손가락만 간신히 떠올라 계산기 키에 닿을 수 있었다. 보이지 않는 그 감자가 눈에 띄지 않는 사람은 도저히 이해할 수 없을 정도로,

느릿느릿하고 어설프게.

　더구나 이런 현상에다 숫자를 대할 때 나타나는 기막힌 아둔함까지 더해지니, 내가 계산기 앞에서 연출하는 광경은 정말 보는 이를 당황하게 만들 만했다. 나는 로빈슨 크루소가 미지의 땅에 사는 원주민을 만날 때와 똑같은 심정으로, 새로운 숫자가 나오면 우선 깜짝 놀라 쳐다보기부터 했다. 그러고 나서는 곱은 손으로 자판 위에 그대로 재생시키려고 노력했다. 이렇게 하려고, 오가는 길에 소수점이나 제로 하나도 흘리지 않았다고 자신할 수 있으려고, 내 머리는 종이와 화면 사이를 쉴 새 없이 왔다 갔다 했다. 진짜 신기한 것은 이렇게 꼼꼼한 확인을 거쳐도 어마어마한 실수를 못 보고 지나치는 경우가 생긴다는 것이었다.

　어느 날, 처량하게 기계를 두드리다 문득 눈을 들었을 때, 입을 다물지 못하고 나를 바라보고 있는 내 상사와 눈이 마주쳤다.

　「도대체 당신 문제가 뭐죠?」 그녀가 내게 물었다.

　그녀를 안심시키기 위해, 나는 내 손을 마비시키는 감자 퓌레 신드롬에 대해 털어놓았다. 나는 이 얘기를 하고 나면 호감을 줄 수 있으리라 믿었다.

속내를 털어놓고 난 뒤, 내가 얻은 유일한 성과라면 눈부시게 아름다운 후부키의 시선에서 이런 결론을 읽을 수 있었다는 것이다. 〈이제 알겠어. 정말 정신 지체 장애자야. 모든 게 이해가 되네.〉

월말이 다가왔고 파일은 그대로 두툼한 상태였다.

「당신이 고의로 이러지 않는 게 확실해요?」

「정말 확실해요.」

「당신네 나라에는 당신 같은…… 사람이 많나요?」

나는 그녀가 처음 만난 벨기에인이었다. 민족적 자존심이 불끈 솟구쳐, 나는 진실을 답해 주었다.

「나 같은 벨기에 사람은 아무도 없어요.」

「그렇다니 마음이 놓이네요.」

나는 느닷없이 웃음을 터뜨렸다.

「당신은 그게 재밌나 보죠?」

「정신 지체 장애자를 함부로 대하는 게 비인격적인 행동이라고, 후부키, 사람들이 당신한테 한 번도 얘기해 주지 않던가요?」

「그랬죠. 그런데 내 밑에 그런 사람들 중 하나가 들어오게 된다고는 얘기해 주지 않더라고요.」

나는 더한층 깔깔거리며 웃었다.

「당신이 뭘 그렇게 재미있어하는지 모르겠군요.」

「내 두뇌 활동 장애의 일종이죠.」

「하는 일에나 집중하는 게 어때요.」

28일, 나는 이제부터 저녁에 퇴근하지 않겠다는 결정을 그녀에게 알렸다.

「허락해 주시면 여기, 내 자리에서 밤을 새우려고 하는데요.」

「당신 두뇌는 어두우면 훨씬 효과적으로 움직이나 보죠?」

「그러길 바랍시다. 이렇게 새로운 제약 조건이 생기면 드디어 행동 개시에 들어갈지 또 모르는 일이죠.」

나는 어려움 없이 그녀의 허락을 받았다. 직원들이 기한을 지켜야 할 일이 있을 때 사무실에서 밤을 새는 일은 드물지 않았다.

「당신 생각에는 하룻밤이면 될 것 같아요?」

「물론 안 되죠. 난 31일 전에 집에 들어갈 수 있으리라 생각 안 해요.

나는 그녀에게 가방을 보여 주었다.

「나한테 필요한 걸 가져 왔어요.」

유미모토사에 혼자 남게 되자 나는 뭔지 모를 들뜬 상태에 사로잡혔다. 하지만 내 뇌가 밤이라고 해서 낮게 작동하는 것도 아니라는 것을 확인하고 나니 그 상태는 순식간에 지나갔다. 나는 쉬지 않고 일했다. 그런데 이렇게 용을 쓰며 일해도 전혀 성과가 없었다.

새벽 4시에, 세면대 앞에 서서 후닥닥 몸을 씻고 옷을 갈아입었다. 나는 아주 진한 차를 한 잔 마시고 난 뒤 다시 자리로 돌아왔다.

일찍 출근하는 사람들이 7시에 도착했다. 후부키는 한 시간 뒤에 도착했다. 그녀는 확인이 끝난 출장비 명세서를 넣는 캐비닛을 흘긋 한번 보고 여전히 그대로 비어 있는 걸 발견했다. 그리고 고개를 절레절레 흔들었다.

전날 밤에 이어 또 밤을 새우게 되었다. 상황은 변하지 않았다. 머릿속에서, 모든 것이 그대로 혼란스러운 상태였다. 하지만 나는 전혀 절망하지 않았다. 오히려 이해가 안 될 정도로 낙관적이 되어 대담해졌다. 그래서 하던 계산을 계속하면서, 내 상사에게 아무리 봐도 당찮은 얘기를 꺼냈다.

「당신의 이름에 눈〔雪〕이 들어 있잖아요. 내 이름의 일본 표기에는 비가 있어요. 내가 보기엔 그게 너무 당연해요. 당신과 나는 눈과 비만큼이나 차이가 있죠. 그런데 아무리 그래도 우리는 결국 같은 물질로 이루어져 있어요.」

「당신 보기에, 정말 당신과 내가 비교할 구석이 있는 것 같아요?」

나는 웃었다. 사실, 잠이 부족했기 때문에 아무것도 아닌 일에 웃었다. 더러 피곤을 느끼고 낙담하기도 했지만, 나는 금세 다시 웃음을 터뜨리곤 했다.

내 다나이데스의 통[5]은 구멍 뚫린 뇌에서 새어 나오는 숫자들로 쉬지 않고 채워지고 있었다. 나는 경리 업

---

5 다나이데스는 그리스 신화에 나오는 아르고스 왕의 50명 되는 딸들로, 이들은 초야에 남편을 죽인 죄로 지옥에 떨어져 밑이 없는 통에 물을 채우는 형에 처해진다.

무의 시시포스였다. 그 신화 속의 주인공처럼 나는 결코 절망하지 않았고, 백 번이고, 천 번이고 그 모진 일을 다시 시작했다. 말하는 김에 이 신기(神技)에 가까운 일을 얘기해야겠다. 나는 수없이 틀렸다. 만약 수천 번이고 실수한 게 매번 다르지 않았더라면 반복되는 음악처럼 사람을 맥 빠지게 했을 것이다. 그런데 번번이 계산할 때마다 다른 결과가 나왔다. 나는 신이 내린 능력을 타고났다.

합산을 하는 사이에 더러 고개를 들어 나를 갤리선 형벌로 처넣은 여인을 물끄러미 바라보았다. 그녀의 미모에 숨이 막혔다. 내가 단 하나 아쉽게 느낀 것은 어중간하게 긴 그녀의 머리카락이 깔끔한 드라이 손질 때문에 꼬장꼬장한 곡선을 그리며 고정되어 있었다는 점이었다. 이 곡선의 경직성이 〈나는 이그제커티브 우먼이오〉 하고 말하고 있었다. 그래서 나는 달콤한 경험에 뛰어들었다. 마음속에서 그녀의 머리를 헝클어뜨렸다. 나는 윤기가 자르르 도는 검은빛 머리카락에 자유를 되돌려 주었다. 보이지 않는 손가락으로, 경탄이 절로 나오는 다듬지 않은 아름다움을 그녀의 머리에 만들어

냈다. 때로 감정이 격해져, 그녀의 머리카락을 마치 정사(情事)로 열정적인 밤을 보낸 뒤의 모습처럼 만들어 놓았다. 이런 원시 상태에서 그녀는 숭고하게 보였다.

상상 속의 미용사가 되어 한창 머리를 만지고 있는 나를 후부키가 보게 되었다.

「왜 그런 눈으로 나를 쳐다보는 거죠?」

「일본어로 〈머리카락[가미]〉과 〈신[가미]〉을 똑같이 말한다는 생각을 하고 있던 중이에요.」

「〈종이〉도 그래요, 잊지 마요. 당신의 종이 더미나 신경 써요.」

시간이 지날수록 머릿속이 점점 모호한 상태가 되었다. 나는 해야 하는 말과 하지 말아야 하는 말을 점점 더 분간하지 못하게 되었다. 1990년 2월 20일의 스웨덴 크로네 화의 환율을 찾으면서 내 입이 먼저 스르르 움직였다.

「어렸을 때, 나중에 커서 무엇이 되고 싶었어요?」

「양궁 챔피언.」

「당신한테 정말 잘 어울릴 텐데요!」

그녀가 내 질문을 되받아 넘기지 않았기 때문에 내

가 얘기를 이어 갔다.

「나는요, 어렸을 때, 신(神)이 되고 싶었어요. 크리스천들의 신, 하느님 말예요. 다섯 살쯤 되었을 때 내 야망이 실현 불가능하다는 걸 깨달았죠. 그래서 야무졌던 꿈을 조금 줄여 그리스도가 되기로 결심했죠. 나는 전 인류가 보는 가운데 십자가에서 죽음을 맞이하는 내 모습을 상상해 보았죠. 일곱 살이 되자, 이런 일이 내게 일어나지 않을 것이라는 사실을 알게 되었죠. 그래서 더 겸손하게 순교자가 되기로 결심했죠. 나는 여러 해 동안 이 선택을 고수했어요. 그런데 이것도 제대로 되지 않았죠.」

「그래서 그다음은?」

「당신이 알잖아요. 나는 유미모토사의 경리가 됐어요. 난 이보다 더 밑바닥으로 떨어질 수는 없다고 생각해요.」

「그렇게 생각해요?」 그녀가 묘하게 웃으며 내게 물었다.

30일에서 31일로 넘어가는 밤이 왔다. 후부키가 마

지막으로 퇴근했다. 나는 그녀가 왜 나를 내쫓지 않았는지 궁금해졌다. 내가 결코 내 일의 100분의 1도 처리하지 못할 게 너무도 뻔하지 않았던가?

나는 혼자 남았다. 거대한 사무실에서 사흘 연속 새우는 밤이었다. 나는 계산기를 두드렸고, 점점 더 엉뚱한 결과를 적고 있었다.

그때 꿈 같은 일이 벌어졌다. 내 정신이 저 건너로 넘어갔다.

갑자기, 내 몸의 줄이 풀렸다. 나는 일어났다. 자유로웠다. 한 번도 이만큼 자유로운 적이 없었다. 나는 창문까지 걸어갔다. 환하게 불을 밝힌 도시가 내 밑에 아주 멀리 있었다. 나는 세상을 지배하고 있었다. 나는 신이었다. 몸에서 벗어나기 위해 창문으로 몸을 던졌다.

네온 형광등을 껐다. 멀리서 비치는 도시의 불빛만으로도 또렷하게 볼 수 있었다. 부엌에 가서 코카콜라를 찾아서는 단숨에 들이켰다. 경리부로 돌아와서 구두끈을 늦춘 뒤, 구두를 휙 벗어 던졌다. 책상으로 껑충 뛰어오른 뒤 환성을 지르며 이 책상 저 책상으로 뛰어다녔다.

몸이 너무 가벼워 옷이 거추장스러웠다. 옷을 하나씩 하나씩 벗은 뒤 주변에 널어놓았다. 발가벗은 몸이 되었을 때 머리로 물구나무를 섰다 — 지금까지 살면서 한 번도 물구나무서기에 성공하지 못한 내가 — 물구나무를 선 채 근처에 있는 책상들을 돌아다녔다. 그다음 한 번 구르면서 완벽하게 재주넘기를 한 뒤 튀어올라 내 상사의 자리에 앉았다.

후부키, 나는 신이야. 네가 나를 믿지 않는다고 해도 나는 신이야. 너는 지휘하지, 그건 별거 아니야. 나는 말이야, 나는 군림하거든. 나는 권력에는 관심 없어. 군림한다는 것, 그건 정말 훨씬 더 멋지지. 너는 내 영광을 상상조차 못 할 거야. 좋지, 영광이라는 거. 그건 천사들이 나를 찬양하며 연주하는 트럼펫 소리야. 한 번도 오늘밤만큼 영광스러운 적이 없었어. 다 네 덕분이지. 내 영광을 위해 복무하고 있다는 사실을 만약 네가 알게 된다면!

빌라도[6]도 자신이 그리스도의 영광을 위해 헌신하고

6 Pontius Pilatus, 임기 중에 예수를 십자가형에 처한 로마의 제5대 총독.

있다는 걸 몰랐다. 감람산의 그리스도가 있었다면, 나는, 나는 컴퓨터 산의 그리스도이다. 나를 둘러싼 어둠 속에 장대 같은 컴퓨터 숲이 곤두서 있다.

나는 네 컴퓨터를 바라보고 있다, 후부키. 컴퓨터는 크고 웅장하다. 칠흑 같은 어둠 때문에 컴퓨터가 이스터 섬[7]의 조상(彫像) 같은 모습을 하고 있다. 자정이 지났다. 금요일이다, 오늘은, 내가 예수의 최후를 맞이하는 날, 프랑스어로는 비너스의 날, 일어로는 금(金)의 날이다. 나는 이 유대·그리스인들의 고통과 로마인들의 관능, 그리고 썩지 않는 금속을 향한 일본인들의 그 각별한 애정 사이에서 무슨 연관성도 찾을 수 있을 것 같지 않다.

사제가 되기 위해 내가 세속을 떠난 이후, 시간은 점성(粘性)을 완전히 잃어버려 이제 내가 실수투성이인 숫자를 통통 두들기고 있는 계산기로 변해 버렸다. 오늘이 부활절인 것 같다. 내 바벨탑 위에서 우에노(上野) 공원 쪽을 내려다보니 눈 덮인 나무들이 보인다. 꽃이 핀 벚나무. 그래, 부활절이 틀림없다.

7 칠레 서쪽에 있는 섬. 거대한 석상으로 유명하다.

크리스마스 때 의기소침해지는 만큼 부활절에는 마음이 즐겁다. 아기가 되는 신(神), 그건 망연자실하게 하는 일이다. 하지만 신이 되는 가련한 인간, 그건 어쨌든 다른 문제이다. 나는 후부키의 컴퓨터를 끌어안고 입맞춤을 퍼부었다. 나 역시, 나도 십자가에 못 박힌 가련한 인생이다. 내가 십자가형에서 마음에 들어 하는 것은, 그것으로 모든 게 끝난다는 점이다. 나의 고통은 마침내 끝나게 될 것이다. 그들이 그렇게 많은 숫자로 몸을 두들겨 패는 바람에 이제 내 몸에는 소수 하나 들어갈 자리도 없다. 그들은 검으로 내 머리를 벨 것이고 나는 더 이상 아무것도 느끼지 못할 것이다.

언제 죽을지 안다는 것은 대단한 일이다. 계획적으로 시간을 쓰고 생의 마지막 날을 예술 작품처럼 만들 수 있기 때문이다. 아침에, 사형 집행인들이 당도하면 나는 그들에게 말할 것이다. 〈제가 죽을죄를 졌습니다! 저를 죽여 주십시오. 그런데 제 마지막 소원을 들어주십시오. 저의 목숨을 끊는 게 후부키였으면 좋겠습니다. 그녀가 후추통을 열듯이 뇌를 돌려 열어 주기를 바랍니다. 내 피가 흐를 것이고 그건 흑후추일 것입니다.

집어서들 드세요, 왜냐하면 그것은 당신들과 군중을 위해 쏟아진 나의 후추, 새로운 불멸의 동맹을 뜻하는 후추이기 때문입니다. 당신들은 나를 추모하며 재채기를 하게 될 것입니다.〉

갑자기, 추위가 엄습해 온다. 컴퓨터를 팔로 끌어안아도 소용없다, 그건 몸을 데워 주지 못한다. 나는 다시 옷을 걸친다. 그래도 여전히 이가 딱딱 마주치기 때문에 바닥에 누운 뒤, 내 위에 휴지통의 내용물을 엎지른다. 나는 의식을 잃는다.

사람들이 나를 내려다보며 소리를 지른다. 눈을 뜨자 쓰레기가 보인다. 다시 눈을 감는다.

나는 다시 심연(深淵)으로 추락한다.

내게 감미로운 후부키의 목소리가 들렸다.

「정말 그녀답네요. 우리가 자기를 야단칠 엄두도 못내게 쓰레기를 완전히 뒤집어쓴 거예요. 사람들이 뭐라고 할 수 없게 만들어 버린 거라고요. 그녀가 하는 짓이 그래요. 그녀는 자존심이라고는 손톱만큼도 없어요.

내가 자기한테 바보라고 하면 그녀는 나한테 그보다 훨씬 심각한 상태라고, 자기는 정신 지체 장애자라고 대답해요. 늘 자존심을 내팽개쳐 버려야 속 시원해하죠. 그녀는 이렇게 하면 사람들이 자기를 어쩌지 못한다고 믿어요. 잘못 생각하고 있는 거죠.」

나는 춥지 않게 하려고 그랬다는 설명을 하고 싶다. 하지만 말을 할 기운이 없다. 나는 유미모토사의 오물 아래서 훈훈함을 느끼고 있다. 나는 또 침잠(沈潛)한다.

나는 떠올랐다. 구깃구깃한 서류 뭉치, 캔, 콜라에 축축하게 젖은 담배꽁초가 덮인 사이로, 오전 10시를 가리키는 시계가 눈에 띄었다.

일어났다. 내게 냉담하게 한마디 던지는 후부키 말고는 아무도 나를 쳐다볼 엄두를 내지 못했다.

「다음번에 거지 차림을 하겠다고 마음먹거든, 다시는 우리 회사 안에서 하지 마요. 그런 짓을 하는 곳으로는 지하철이 있으니까.」

창피해서 죽을 지경이 된 나는 가방을 집어들고 재빨리 화장실로 가서 옷을 갈아입고 수도꼭지에 대고 머리를 감았다. 다시 돌아왔을 때는 청소부 아줌마가 내 광란의 흔적을 이미 치워 놓은 뒤였다.

「그건 제 손으로 하려고 했는데요.」 어쩔 줄 몰라 하면서 내가 말했다.

「그래요.」 후부키가 한마디 했다. 「그건, 최소한 당신이 그 정도는 할 수도 있었을 텐데.」

「제가 보기에 출장 경비 확인하는 일 말씀하시는 것 같은데. 당신이 옳았어요. 그건 내 능력 밖의 일이에요. 지금 엄숙하게 말씀드리는데, 이 일 포기하겠어요.」

「당신은 그 일에 시간을 들였잖아요.」 그녀가 비아냥거리며 말했다.

〈그래 바로 이거였어, 그녀는 이 말이 내 입에서 나오길 원했던 거야. 당연하지, 그게 훨씬 더 모욕적일 테니까.〉 나는 이런 생각을 했다.

「오늘 저녁이 기한이에요.」 내가 다시 말을 이었다.

「파일을 이리 줘봐요.」

20분 만에, 그녀가 끝내 버렸다.

나는 비몽사몽하며 하루를 보냈다. 숙취를 느꼈다.

내 책상은 계산 착오투성이인 종이 뭉치로 꽉 차 있었다. 나는 이 종이를 하나하나 버렸다.

후부키가 자기 컴퓨터 앞에서 일하는 모습을 보면서 자꾸 웃음이 나오는 걸 참느라 죽을 지경이었다. 전날, 발가벗은 채 자판에 올라앉아 팔과 다리로 기계를 끌어안던 내 모습이 다시 떠올랐다. 그런데 지금, 이 처녀가 키 위에 손가락을 올려 놓고 있는 것이었다. 내가 컴퓨터에 관심을 가진 것은 처음이었다.

숫자가 넘쳐 나면서 뇌가 뒤죽박죽 되어 있었기 때문에, 쓰레기 더미 아래서 몇 시간 잔 것만으로는 이 상태에서 벗어나는 데 충분치 않았다. 나는 갈피를 잡지 못했고, 잔해 밑에서 시체처럼 널브러진 내 사고(思考)의 지표들을 찾아 헤매고 있었다. 하지만 나는 벌써 기적 같은 휴지기를 만끽하고 있었다. 끝없이 이어지던 몇 주만에 처음으로 계산기를 두드리지 않고 있었던 것이다.

나는 숫자 없는 세상을 다시 발견하게 되었다. 문맹(文盲)이라는 게 있으니, 틀림없이 나 같은 부류의 사람들에게만 나타나는 비극을 가리키는 산수맹(算數盲)이라는 것도 있을 것이다.

나는 세속으로 다시 돌아왔다. 광란의 밤 이후에도 전혀 심각한 일이 일어나지 않은 것처럼 모든 게 제자리를 찾은 게 이상하게 비칠 수도 있다. 물론, 내가 발가벗은 채 물구나무를 서서 책상을 휘젓고 돌아다니는 모습을 본 사람도, 점잖은 컴퓨터의 입술을 쭉쭉 빨고 있는 모습을 본 사람도 없었다. 하지만 어쨌든 나는 쓰레기통 내용물 아래 잠든 채로 발견되었다. 다른 나라 같았으면 이런 행동은 해고감이었을 것이다.

특이하게도, 여기에는 나름대로의 논리가 있다. 극도로 권위적인 제도는, 이 제도가 적용되는 국가에서, 상상을 뛰어넘는 일탈을 불러일으키는데, 바로 이런 사실 때문에 또, 기가 찬 상식 밖의 행동에 대해서도 상대적으로 관용을 베풀게 되는 것이다. 일본 괴짜를 만나 보지 않았으면 진짜 괴짜를 모르는 셈이다. 내가 쓰레기를 덮고 잠을 잔 거? 별 놀랄 일도 아니다. 일본은 〈맥없이 무너진다〉는 게 뭔지 아는 나라이다.

나는 다시 자잘한 일들을 하기 시작했다. 차와 커피를 끓이면서 얼마나 행복에 겨워했는지 말로 표현할 수 없을 것이다. 내 가련한 머리통에 전혀 장애물이 되지 않는 이 단순한 동작들을 하는 동안 영혼이 다시 기워졌다.

아주 조심스럽게, 달력 넘기는 일을 다시 시작했다. 다시 숫자를 떠맡길까 봐 전전긍긍하던 참이라, 나는 늘 바쁜 티를 내려고 애를 쓰고 있었다.

아무 전조(前兆)도 없이 사건이 하나 일어났다. 내가 신(神)을 만난 것이다. 저속한 부사장이 백이면 백 지금의 몸집으로는 만족스러울 만큼 뚱뚱하지 않다고 생각하는지, 맥주를 한 잔 갖다 달라고 했다. 나는 혐오감을 공손함으로 가린 채 그에게 맥주를 갖다 주러 갔다. 뚱보의 토굴을 나서고 있는데 옆방의 문이 열렸다. 나는 바로 면전에서 사장님과 맞닥뜨렸다.

우리들은 깜짝 놀라 서로를 쳐다보았다. 내 입장에서는 이해가 되는 일이었다. 드디어 유미모토의 신을 만날 기회가 주어졌기 때문이었다. 그런데 그분이 이렇게 놀라워한 것은 훨씬 납득이 안 가는 일이었다. 그는 내가 존재한다는 사실이나마 알고 있었을까? 아찔할 정도로 아름답고 오묘한 음성으로 소리를 지르는 걸 보니 그런 것 같았다.

「당신은 틀림없이 아멜리 상이죠!」

그는 웃으면서 나에게 손을 내밀었다. 아연실색하여 내 입에서는 아무 소리도 나오지 않았다. 하네다 씨는 호리호리한 몸에다 좀처럼 보기 힘든 품위 있는 얼굴을 한, 50세가량의 남자였다. 그에게서 한없는 선량함과 조화로운 느낌이 스며 나왔다. 그가 나를 너무도 꾸밈 없이 사분사분한 눈길로 쳐다보는 바람에 내게 그나마 남아 있던 약간의 고요함까지 통째 흔들렸다.

그는 갔다. 나는 한 발자국도 움직이지 못하고 혼자 복도에 남아 있었다. 그러니까 내가 매일 터무니없는 모욕을 당하는 곳, 있는 멸시 없는 멸시를 다 당하는 곳, 이 고문실의 제일 높은 사람이, 이 지옥의 최고 실력자가 바로 이 잘생긴 사람, 이 천상의 영혼을 가진 사람이었다니!

도무지 뭐가 뭔지 모르겠다. 이토록 사람을 사로잡는 고상함을 갖춘 인물이 이끄는 회사라면 울연(蔚然)하고 부드러운 공간, 기품 있는 낙원이어야 했다. 이 불가사의는 도대체 뭔가? 신이 지옥 위에 군림하는 게 가능할까?

경악한 채 여전히 꼼짝하지 못하고 있는데, 이 의문에 대한 해답이 주어졌다. 집채 같은 오모치 씨의 사무실 문이 열리고 내게 고래고래 소리를 내지르는 상스러운 인간의 소리가 들렸다.

「거기서 도대체 무슨 짓을 하는 거요? 복도에 어슬렁거리고 돌아다니라고 당신한테 월급을 주는 게 아니란 말이오!」

모든 게 분명해졌다. 유미모토사에서, 신은 사장이었고 부사장은 사탄이었다.

후부키, 그녀는 사탄도, 신도 아니었다. 그냥 일본 여성이었다.

일본 여성들이 다 아름답지는 않다. 하지만 한 여성이 아름답다고 하면 다른 여성들은 정말 정신을 바짝 차려야 할 정도이다.

어떤 미(美)든지 가슴을 에지만 일본의 미는 더더욱 가슴을 엔다. 우선 이 백합 같은 얼굴색, 이 그윽한 눈, 이 흉내 낼 수 없는 콧방울이 달린 코, 그토록 도드라진 윤곽을 가진 이 입술, 얼굴선의 이 복잡 야릇한 부드러움만으로도 제일 잘났다는 얼굴들을 무색하게 만들기 때문이다.

또한 이 아름다움에 흐르는 기교로 인해 일본의 미가 하나의 양식(樣式)이 되고 신비로운 예술 작품으로 승화되기 때문이다.

마지막이자 가장 중요한 이유는 바로 몸과 마음을 죄어 왔던 그토록 많은 코르셋, 제약, 짓밟힘, 터무니없는 금기, 신조(信條), 숨막힘, 비탄, 공모(共謀)된 침묵, 모욕에도 살아난 아름다움, 그러니까 이런 아름다움은 초인적인 용기의 결과이기 때문이다.

일본 여성이 희생자라는 것은 아니다, 그건 전혀 아니다. 지구 상에 살고 있는 여성들 가운데 일본 여성이 가장 운이 없는 것은 정말 아니다. 그녀의 권력은 대단하다. 내가 그것을 알 수 있는 좋은 입장에 있지 않은가.

아니, 일본 여성에게 찬사를 보내야 — 그래야 한다 — 하는 이유는 그녀가 자살하지 않기 때문이다. 코흘리개 유년 시절부터 그녀의 꿈과 이상을 가로막는 음모가 시작된다. 그녀의 뇌 속에 석고 반죽이 부어진다. 〈스물다섯 살에도 아직 결혼을 하지 않았다면 당연히

부끄러워해야 할 거야〉,〈웃으면 너는 품위를 잃게 돼〉,
〈얼굴에 감정이 드러나면 저속한 거야〉,〈몸에 털이 조
금이라도 있다고 네 입으로 말하면 천박한 거야〉,〈남
자애가 사람들 앞에서 네 뺨에 뽀뽀를 하면 너는 창녀
야〉,〈음식을 먹는 게 즐겁다면 넌 돼지야〉,〈잠자는 게
좋으면 넌 굼벵이야〉. 만약, 이런 원칙 때문에 사람이
주눅들지 않는다면, 그것은 본질적이지 않은 것이라고
단정할 수 있다.

　왜냐하면, 결국 이런 어처구니없는 믿음을 통해 일본
여성들의 머릿속에 박히는 것은, 좋은 일은 절대로 바
라서는 안 된다는 것이기 때문이다. 성적 쾌락을 바라
지 마, 기쁨이 너를 파멸시킬 테니까. 사랑에 빠지는 꿈
을 꾸지 마, 너는 그럴 만한 사람이 아니니까. 너를 사
랑하는 사람들은 너의 환상을 보고 사랑하는 것이지
절대 너의 진실 때문에 사랑하는 게 아닐 거야. 삶이 너
에게 무엇이든 가져다 줄 수 있다고 기대하지 마. 해가
지날수록 네게서 무언가 없어지게 될 테니. 평정(平靜)
같은 단순한 것조차 바라지 마. 너는 평온해질 아무 이
유가 없으니까.

일하는 걸 바라. 너의 성(性)으로 보아 높이 올라갈 기회는 거의 없겠지만, 그래도 회사에 충성을 다하기를 바라. 일을 하면 돈을 벌게 될 거야. 돈을 번다고 기쁨을 느끼는 건 아니지만, 예를 들어 결혼할 때 그걸 내세울 수는 있을 거야. 사람들이 네 본연의 가치 때문에 너를 원한다고 생각할 만큼 어리석지는 않을 테니까.

이것 말고 장수를 바랄 수도 있고 — 그런데 이건 아무 이득이 없어. 불명예스러운 일을 겪지 않기를 바랄 수도 있지 — 이건 그 자체가 목적이야. 네가 합법적으로 바랄 수 있는 건 이게 전부야.

그리고 이제 끝없이 이어지는, 네가 져야 하는 쓸데없는 의무가 시작되지. 너는 나무랄 데가 없어야 돼. 그게 아주 최소한이라는 이유 단 하나만으로. 나무랄 데 없다고 해서 그냥 그렇다는 사실 말고 뭔가가 특별히 생기는 것도 아니야. 이건 긍지도 아니고 즐거움은 더더욱 아니지.

내가 결코 너의 의무를 하나도 빠짐없이 다 열거할 수는 없을 거야. 왜냐하면, 넌 인생에서 단 한순간도 이런 의무로부터 자유로운 때가 없을 테니까. 예를 들어,

방광의 압박을 덜어 줘야 하는 보잘것없는 필요 때문에 화장실에 혼자 있을 때조차 네 시냇물에서 졸졸졸 나는 소리를 아무도 듣지 못하게 신경 써야 하는 의무가 있어. 그러니 넌 쉴 새 없이 물을 내려야 할 거야.

이제 하려고 하는 얘기를 네가 이해했으면 해서 그런 예를 드는 거야. 네 존재에서 그만큼 은밀하고 별것 아닌 부분까지 지시에 따르게 된다면, 네 삶의 핵심적인 순간들에 가해질 제약은 당연히 얼마나 클지 한번 상상해 봐.

배가 고프다고? 먹는 둥 마는 둥 해. 길에서 사람들이 고개를 돌려 네 몸매를 쳐다보는 — 그들은 그러지 않을 거야 — 모습을 보고 흐뭇해하기 위해서가 아니라, 살집이 있는 게 수치스러우니까 날씬한 몸을 유지하기 위해서 말이야.

너는 아름다워야 할 의무가 있어. 아름답게 된다고 하더라도 이로 인해 네가 기쁨을 느끼게 되지는 않을 거야. 네가 받는 유일한 칭찬은 서양인들이 하는 거지. 그런데 우리는 그들이 얼마나 보는 눈이 없는지 알잖아. 네가 거울 속에 비친 아름다운 모습을 보고 감탄할 때도 틀림없이 흐뭇한 마음이 아니고 두려운 마음일 거야. 왜냐하면 그 아름다움은 상실에 대한 공포 말고는 아무것도 네게 주지 못할 테니까. 네가 아름다운 여성이라고 해서 별로 대단한 건 아니야. 하지만 아름답지 않으면 또 별 볼 일 없는 사람이 되지.

너는 결혼할 의무가 있어. 네 유통 기한인 스물다섯 살 전에 하면 더 좋고. 모자란 사람이 아닌 한, 네 남편은 너한테 사랑을 주지 않을 거야. 또 모자란 사람한테 사랑을 받아 봐야 행복하지도 않고. 어찌 되었든 간에, 그가 너를 사랑하든 그렇지 않든 너는 그를 볼 기회가 없을 거야. 새벽 2시, 한 남자가 녹초가 된 데다 종종 만취 상태로 집에 들어와 안방 침대에 맥없이 쓰러진 뒤, 너에게 한마디 말도 하지 않은 채 6시에 집을 나설 테니까.

너는 아이를 낳을 의무가 있는데, 아이를 낳아서 세 살까지는 신주 단지 모시듯이 받들지. 그리고 세 살이 되어서는 인정 사정 보지 않고 낙원에서 내쫓아 군에 입대시키지. 세 살에서 열여덟 살까지 그리고 스물다섯 살에서 죽을 때까지 군대 생활을 하게 말이야. 출생 후

처음 3년 동안 경험하는 행복의 개념이 머릿속에 각인되어, 더욱 불행해지는 생명을 출산해야 하는 거지.

이게 너무 끔찍하다고 생각해? 그런 생각을 하는 게 네가 처음은 아니야. 네 닮은꼴들이 1960년부터 그런 생각을 하고 있어. 하지만 그게 아무 소용도 없었다는 것을 네가 뻔히 보고 있잖아. 그들 중 다수가 반기를 들었고, 너도 인생에서 유일하게 자유로운 때인 열여덟 살에서 스물다섯 살 동안은 들고일어날지도 모르지. 하지만 스물다섯이 되어 문득 결혼하지 않았다는 사실을 깨닫고 수치스럽게 느끼게 될 거야. 요상한 옷차림을 벗어 던지고 단정한 투피스, 흰 스타킹에 우스꽝스러운 구두 차림을 하겠지. 윤기가 흐르는 눈부신 머리에 쓸쓸한 드라이를 할 테고. 그리고 누군가 — 남편이든 고용주이든 — 너를 원하면 비로소 안도감을 느낄 거야.

가능성은 거의 없지만 혹시 사랑을 해서 결혼을 하게 되면, 너는 더 불행해질 거야. 남편이 고통스러워하는 모습을 보게 될 테니까. 그를 사랑하지 않는 편이 더 나아. 그러면 그의 이상이 좌절되는 걸 보아도 무관심해질 수 있을 테니까. 네 남편은 아직도 이상(理想)을 가지고 있거든. 예를 들어 한 여성으로부터 사랑받게 될 것이라는 희망을 간직하고 있어. 하지만, 곧 네가 자신을 사랑하지 않는다는 것을 알게 될 거야. 가슴을 굳게 하는 석고가 몸에 들어 있는 네가 어떻게 누군가를 사랑할 수 있겠니? 넌 사랑을 할 수 있기에는 너무나 많은 타산(打算)을 하라고 배워 왔어. 네가 누군가를 사랑한다면 교육을 잘못 받았기 때문이야. 신혼 초에 너는 이것저것 안 해보는 것 없이 연기를 하지. 어떤 여자도 너만큼 재능 있는 연기를 못 한다는 사실을 인정해야 하지.

너의 의무는 다른 사람을 위해 희생하는 거야. 하지만 네가 희생한다고 해서 그 대상이 행복해질 것이라고는 생각하지 마. 그냥 그들이 너로 인해 부끄러워하지 않게 될 따름이니까. 너 자신이 행복해질 기회도, 다른 사람을 행복하게 만들 수 있는 기회도 전혀 없어. 만약 기적처럼, 네 운명이 이런 예정된 길에서 벗어난다고 하더라도 절대 승리했다는 결론을 내리지는 마. 네가 착각하고 있다는 것만 알아 둬. 더구나 넌 그 사실을 아주 금방 깨달을 수 있을 거야. 이겼다는 환상은 일시적일 수밖에 없으니까. 그리고 현재를 즐기지 마. 이런 계산 착오는 서양인들의 몫으로 남겨 놔. 현재는 아무것도 아니야. 네 삶도 아무것도 아니고. 1만 년보다 짧은 시간은 하나도 중요하지 않아.

너에게 위안이 될지 모르는 얘긴데, 아무도 너를 남자에 비해 머리가 떨어진다고 생각하지 않아. 너는 명석해. 이건 모든 사람들 눈에, 너를 그토록 상스럽게 취급하는 사람의 눈에조차 명백한 사실이지. 그런데 곰곰이 생각해 보고 나서도 이런 얘기가 아직 위로의 말로 들려? 적어도, 사람들이 너를 열등하다고 생각하고 있다면 네가 처한 지옥 같은 상황이 설명이 되지. 당연히, 네 머리가 뛰어나다는 것을 입증하면 거기서 벗어날 수도 있을 테니까. 사람들은 네가 남자와 똑같거나, 더 우월하기까지 하다는 사실을 알고 있어. 그러니까 너의 지옥 같은 삶이 터무니없는 거지, 그리고 이건 여기에서 빠져 나올 길이 없다는 뜻이야.

있지. 하나가 있어. 단 한 가지 길이긴 해도, 어쨌든 네가 기독교로 개종하는 어리석음을 범하지만 않았다

101

면 전적으로 자격이 있는 거지. 너는 자살할 권리가 있어. 내세(來世)가 마음 좋은 서양인들이 그리고 있는 그 유쾌한 낙원들 중 하나일 것이라고는 절대 생각하지 마. 저 건너편에는, 그리 대단한 게 하나도 없어. 아무리 그렇다 해도 네가 자살할 만한 이유가 되는 걸 한번 생각해 봐. 죽은 뒤에 네가 누릴 명성에 대해. 자살하면 넌 사후에 대단한 명성을 누리게 될 거야. 그리고 그건 네 가족과 친지에게 긍지가 되겠지. 가족 납골당에서 좋은 자리를 차지할 수도 있을 거야. 바로 이게 인간으로서 품을 수 있는 가장 고귀한 희망이지.

물론, 너는 자살을 하지 않을 수도 있어. 하지만 그렇게 되면, 언젠가는 더 이상 견디지 못하고 어떤 형태로든 불명예스러운 일에 빠져 들게 될 거야. 애인이 생길 수도 있고, 걸신들린 듯이 먹어 대거나 게을러질 수도 있지. 어떻게 되는지는 한번 두고 봐. 우리는 경험에 의해 일반적으로 인간, 특히 여자는 육체적인 기쁨과 관련된 이 작은 결점 중 하나에 집착하지 않고는 오래 살기 힘들다는 사실을 알게 됐어. 우리가 육체적인 기쁨을 경계하는 게 청교도주의적인 생각을 하기 때문은 아니야. 우리는 청교도주의하고는 거리가 멀어. 그건 미국인들의 편집증일 뿐이지.

정말이지 육체의 기쁨은 멀리하는 게 좋아. 땀을 흘리게 하니까. 땀보다 더 수치스러운 것은 없거든. 펄펄 끓는 국수를 입이 터지도록 집어 넣으면, 섹스의 욕정에 몸을 맡기면, 난로 옆에 앉아서 비몽사몽하면서 겨울을 보내면, 너는 땀을 흘리게 되지. 그러면 아무도 너의 저속함을 의심하지 않을 거고.

자살과 땀 흘리기 사이에서 망설이지 마. 땀 흘리는 게 혐오스러운 만큼 피를 흘리는 것은 찬미할 일이거든. 자살을 하면 앞으로 절대 땀을 흘리지 않을 것이고, 너의 초조한 마음도 영원히 사라지게 될 거야.

나는 일본 남자들의 처지가 이보다 훨씬 부러움을 살 만하다고는 생각하지 않는다. 현실적으로, 정반대라고까지 생각한다. 일본 여성, 그녀는 결혼을 하면서 회사라는 지옥에서 벗어날 가능성이라도 있다. 그리고 나는 일본 회사에서 일하지 않는 것 자체가 하나의 목적이 될 수 있다고 생각한다.

일본 남성, 그는 질식할 지경까지 이르지는 않았다. 아주 어렸을 때부터 내면에 간직하고 있는 이상이 깡그리 파괴된 것은 아니기 때문이다. 그는 가장 기본적인 인간의 권리 중 하나인 꿈꿀 권리, 희망을 가질 권리를 가지고 있고 이걸 포기하지 않는다. 그는 자신이 주인이 되어 자유를 누릴 수 있는 공상의 세계를 꿈꾼다.

그런데 일본 여성에게는, 제대로 교육을 받은 여성이라면 — 그런데 대부분의 일본 여성들이 이 경우에 해당한다 — 이런 탈출구가 없다. 말하자면 이런 기본적인 자유를 박탈당한 상태인 셈이다. 그렇기 때문에 나는 자살하지 않은 모든 일본 여성들을 보며 진심으로 감탄해 마지않는다. 그녀에게, 살아 있다는 것은 무욕(無慾)의, 숭고한 용기를 보여 주는 저항 행위이다.

나는 후부키를 바라보면서 이런 생각을 하고 있었다.

「지금 뭐 하는지 좀 알 수 있을까요?」 그녀가 살천스러운 목소리로 말했다.

「꿈꾸고 있어요. 당신은 한 번도 그런 적이 없나요?」

「한 번도 없어요.」

나는 웃었다. 사이토 씨에게 막 사내아이인 둘째가 생겼다. 일본어에서 발견할 수 있는 경이로움 중 하나는 언어의 모든 범주로부터 무한정 이름을 만들어 낼 수 있다는 것이다. 일본 문화에서 작명 말고 다른 여러 예를 통해서도 물론 나타나는 이 이상야릇한 측면 가운데 하나가, 바로 꿈꿀 권리가 없는 여성들이, 후부키 같이 꿈꾸게 하는 이름을 가졌다는 사실이다. 부모들은 여자아이의 이름을 지을 때는 오묘하기 그지없는 시적 표현까지 쓰곤 한다. 반대로 남자아이의 이름을 짓는 경우, 고유 명사를 만들어 놓은 걸 보면 대부분 품격이라곤 찾아볼 수 없어 웃음이 나온다.

이렇듯, 이름으로 동사 원형을 선택하는 게 지극히 자연스러웠기 때문에 사이토 씨는 자기 아들의 이름을 츠토메루(勉める)[8] 즉 〈공부하다〉라고 지었다. 그런데 정체성으로 이런 프로그램이 입력된 그 사내아이를 생각하자 웃음이 나오려고 했다.

나는 몇 년이 지난 후, 학교에서 돌아오는 아이에게 엄마가 〈공부하다야! 공부하거라〉 하고 소리치는 모습

8 〈집중해서 뭔가 하다, 일하다, 공부하다〉라는 뜻을 가진 일어 동사.

을 상상해 보았다. 그런데 만약 이 아이가 실업자가 된다면?

후부키는 나무랄 데가 없었다. 그녀의 유일한 결함이라면 스물아홉에 남편이 없다는 것이었다. 이 사실로 그녀가 수치를 느낀다는 것은 의심의 여지가 없었다. 그런데 곰곰이 생각해 보니, 이처럼 아름다운 처녀가 배우자를 찾지 못했다면, 그건 바로 나무랄 데 없었기 때문이었다. 사이토 씨 아들의 이름으로 쓰인 그 지고(至高)한 규정을 넘치는 열정으로 실천에 옮겼기 때문이었다. 7년 전부터, 그녀는 자신의 존재를 남김없이 일에 소진시켜 버렸다. 여성으로서는 보기 드물게 승진을 했으니 나름대로 성과는 있었던 셈이다.

하지만 그렇게 시간을 보내다 보면 제대로 면사포를 써보는 건 절대 불가능했을 것이다. 그렇다고 그녀에게 지나치게 일했다고 나무랄 수는 없었다. 일본인들이 볼 때는 아무리 일해도 절대 지나치게 일하는 것은 아니기 때문이다. 그러니까 여성들에게 적용되는 규정에는 앞뒤가 맞지 않는 측면이 있었다. 기를 쓰고 일하면서 나무랄 데 없는 사람이 되다 보면 결혼을 하지 않고 스물다섯을 넘기게 되고, 결과적으로 이게 흠이 되었다. 이 제도에서 보이는 사디즘의 절정은 제도 자체의 논리적 모순에 있었다. 제도에 충실하다 보면 결과적으로 제도에 충실하지 못하게 된다는 점.

후부키는 독신 생활이 길어진 것을 수치스럽게 여기고 있었을까? 틀림없었다. 그녀는 완벽해야겠다는 강박 관념에 너무 사로잡혀서 절대적인 지시에 조금이라도 어긋나는 일이라면 스스로 허용할 수 없었다. 나는 그녀에게 사귀다 헤어지는 애인이라도 가끔 있는지 궁금했다. 확실한 것은 그녀가 이 〈나데시코 모독죄〉(나데시코, 〈패랭이꽃〉은 향수를 불러일으키는 이상적인 일본 숫처녀를 상징한다)[9]를 드러내 놓고 자랑하지는 않았을 것이라는 점이다. 그녀의 하루 생활을 아는 나로서는, 난 그녀가 흔하디 흔한 연애 사건이라도 하나 만들 수 있었으리라는 생각을 전혀 할 수 없었다.

나는 그녀가 미혼남과 일이 있을 때 어떻게 행동하는지 관찰했다. 그녀는 상대가 우리 회사에서건 그쪽 회사에서건 간에 직책이 자기보다 낮지 않기만 하면,

9 전통적인 일본의 아름다운 여성상을 〈야마토 나데시코〉라고 한다.

잘생겼든 못생겼든, 젊었든 늙었든, 상냥하든 고약하든, 명석하든 모자라든 전혀 상관하지 않았다. 내 상사는 갑자기 지나치게 사분사분해져 이런 태도가 공격적으로까지 비칠 정도였다. 흥분해 어찌할 바를 모르는 그녀의 손이, 너무도 가냘픈 허리 위에 가만히 붙어 있지를 못하는 넓적한 허리띠까지 더듬더듬하면서, 옆으로 돌아간 버클을 자꾸 앞으로 돌려놓고 있었다. 그녀의 목소리는 애무하는 듯해 신음소리로까지 들렸다.

마음속 어휘에서, 난 이걸 〈짝짓기를 위한 미스 모리의 구애전(求愛戰)〉이라고 불렀다. 내 학대자가 자신의 아름다움과 품위를 떨어뜨리는 이런 우스꽝스러운 쇼에 정신이 팔려 있는 걸 보고 있자니 웃음이 나왔다. 하지만 이 때문에 가슴이 저려 오는 것은 어쩔 수 없었다. 그녀가 이런 눈물겨운 유혹을 시도하는 상대 남성은 그 사실을 눈치채지 못했고, 따라서 완전히 무관심했기 때문이다. 나는 때로 남자들을 막 붙잡고 흔들면서 이렇게 얘기해 주고 싶었다.

「자, 자, 여자의 마음을 좀 끌도록 해봐! 그녀가 너를 위해 얼마나 애를 쓰고 있는지 보지도 못했어? 나도 동감이야, 이렇게 나오니까 예뻐 보이지 않는 건 사실이야. 하지만 이런 부자연스러운 행동을 하지 않을 때 그녀가 얼마나 아름다운지 네가 알기만 한다면. 게다가 너한테 과분할 정도로 아름다워. 이런 진주가 너를 탐내니 기뻐서 눈물이라도 흘려야 할 거야.」

후부키한테는, 너무도 이런 말을 해주고 싶었다.

「그만해! 네가 하는 우스꽝스러운 짓거리, 그걸 가지고 정말 그 사람의 관심을 끌 수 있다고 생각하는 거야? 넌 나한테 욕을 퍼붓고 나를 아무짝에도 쓸모 없는 인간으로 취급할 때가 정말 훨씬 더 매력적이야. 너한테 도움이 된다면, 그냥 그 사람이 나라고 한번 생각해봐. 나한테 얘기한다고 생각하고 그 사람한테 말해. 그러면 너는 사람을 업신여기고 거만하게 되거든. 그 사람한테 정신병자라고, 아무짝에도 쓸모없는 인간이라고 말해. 두고 봐, 그가 계속 무관심하게 나오지는 않을 테니.」

나는 무엇보다 그녀에게 이렇게 속삭이고 싶었다.

「이런 등신 같은 인간을 데리고 골치를 썩이느니 죽을 때까지 독신으로 사는 게 백번 낫지 않을까? 그런 남편을 갖다 어디에 쓸래? 숭고하고 기품 있는 네가, 이 지구 상의 걸작 중의 걸작인 네가 이런 남자 한 명과 결혼하지 못했다고 어떻게 수치스러워할 수 있단 말이야? 그 남자들은 거의 대부분 너보다 작아. 이게 어떤 징조라고 생각하지 않아? 너는 이 보잘것없는 궁수(弓手)한테는 너무 큰 활이야.」

먹이였던 남자가 가고 나면 내 상사는 순식간에 교태를 떨던 얼굴에서 찬바람이 도는 얼굴로 바뀌었다. 이때 더러 그녀의 눈빛이 비아냥거리는 내 눈빛과 마주칠 때가 있었다. 그녀는 증오심에 불타 입술을 악물었다.

유미모토의 친선 업체에 피트 크라머라는 스물일곱 먹은 네덜란드인이 일하고 있었다. 그는 일본인은 아니지만 내 고문자와 동등한 직책에 올라 있었다. 키가 1미터 90센티미터였기 때문에 나는 그가 후부키의 결혼 상대가 될 만하다고 생각했다. 실제로 그가 우리 사무실에 들르면 그녀는 벨트를 이쪽 저쪽으로 틀면서 광적으로 〈짝짓기를 위한 구애전〉에 뛰어들곤 했다.

그는 외모가 준수하고 꾸밈이 없는 성격의 소유자였다. 네덜란드인이라는 것도 금상첨화였다. 거의 게르만에 가까운 이 혈통은 백인종이라는 사실이 훨씬 덜 치명적이게끔 작용했다.

어느 날 그가 내게 말했다.

「모리 양과 함께 일하다니 참 운이 좋군요. 그녀는 얼마나 친절한지 몰라요.」

이런 얘기를 들으니 우스웠다. 그래서 나는 이걸 이용하기로 했다. 나는 〈친절〉하다는 부분에서 빈정거리는 미소를 띠어 가며 이 말을 그대로 그녀에게 전하고 한마디 덧붙였다.

「이건 그 사람이 당신을 좋아한다는 뜻이에요.」

그녀가 아연실색하여 나를 쳐다보았다.

「정말이에요?」

「정말 틀림없어요.」 나는 그녀에게 확실하다고 말했다.

그녀는 잠시 난감함을 지우지 못했다. 분명히 이런 생각을 했을 것이다. 〈그녀는 백인이니까 백인들의 관습을 알고 있어. 한 번쯤 그녀를 믿어 볼 수도 있을 거야. 하지만 그녀가 절대 알아서는 안 돼.〉

그녀가 냉담한 표정을 하고는 말했다.

「내 상대로는 너무 어려요.」

「그는 당신보다 두 살 적어요. 일본의 전통적인 시각에서는 당신이 아네산 뇨보, 〈누나 같은 아내〉면 완벽한 나이 차이잖아요. 일본 사람들은 그게 최상의 결혼이라고 생각하잖아요. 아내가 남편보다 아주 조금 더 경험이 많은 거 말이에요. 그러면 아내가 남편을 편안하게 해주니까.」

「그래, 그래. 알아요.」

「이런데 그에게 뭘 더 바라겠어요?」

그녀는 입을 다물었다. 그녀가 제2 단계에 가까워지고 있는 게 분명했다.

며칠 뒤, 피트 크라머가 방문한다는 얘기가 들렸다. 이 처녀는 감정의 소용돌이에 휘말렸다.

불행히도, 날씨가 매우 더운 날이었다. 네덜란드인이 웃옷을 벗어 던진 뒤였고, 그의 셔츠 겨드랑이가 큼지막한 땀으로 얼룩져 있는 게 눈에 확 띄었다. 나는 후부키의 안색이 바뀌는 것을 보았다. 그녀는 평소처럼 말하려고, 아무것도 보지 않은 것처럼 말하려고 애를 썼다. 그런데 목구멍에서 소리를 끄집어내느라고, 한 마디 한 마디 할 때마다 머리를 앞쪽으로 쭉 내밀었기 때문에 그녀의 말이 더욱 거짓으로 들렸다. 내가 항상 그렇게 아름답고 차분하다고 알고 있던 그녀가 지금 방어 자세에 있는 뿔닭의 형상을 하고 있는 것이었다.

이 눈물겨운 행동을 하면서 그녀는 흘끔흘끔 동료들을 훔쳐보았다. 그녀의 마지막 희망은 이들이 아무것도 보지 못했으면 하는 것이었다. 이런, 누군가 봤다고 하더라도 그걸 드러내겠는가? 더군다나 일본 사람인데 설사 봤다고 한들 표를 내겠는가? 유미모토 간부들의 표정은 우호 관계에 있는 두 회사 간의 회동이 있을 때 전형적으로 보이는 호의적이지만 무표정한 모습, 그것이었다.

제일 웃긴 것은 피트 크라머 씨가 자신이 주인공이 된 남녀 상열지사도, 그 친절하기 그지없는 모리 양을 숨 막힐 지경으로 몰아가는 그녀 내면의 심리적 동요도 전혀 눈치채지 못하고 있었다는 것이었다. 모리 양의 콧구멍이 벌름벌름했다. 그 이유를 짐작하기란 어렵지 않았다. 네덜란드인의 겨드랑이발(發) 수치가 과연 빵과 포도주 두 가지로 성찬식(聖餐式)을 하고 있는지 분간해 보려는 것이었다.

바로 이때 우리의 사람 좋은 바타비아인[10]이 의식도 못 한 채 그만, 유라시아 인종의 도약에 헌신할 수 있는 기회를 놓칠 지경에 이르고 말았다. 그가 하늘에 떠 있는 비행 기구를 발견하더니 창문까지 뛰어갔다. 이렇게 잽싸게 이동하는 동안 후각 입자가 주변 공기 중에 불꽃놀이를 하면서 퍼졌고, 뛰면서 공기가 들썩이자 방 전체로 입자가 흩어졌다. 의심의 여지가 없었다. 피트 크라머의 땀에서 썩는 냄새가 났다.

커다란 사무실에서, 그 누구도 이 사실을 모를 수가 없었다. 도시 상공에 정기적으로 뜨는 광고용 비행 기구를 보면서 이렇게 어린애같이 들뜬다는 것에 대해서는 아무도 감동을 받지 않는 것 같았다.

그 냄새나는 외국인이 자리를 뜨자 내 상사는 창백해졌다. 그런데 그녀의 운명에는 더한 불행이 예고돼 있었다. 부서장인 사이토 씨가 얀정머리 없이 포문을 열었다.

「나는 1분도 더 못 참았을 거야.」

10 지금의 네덜란드 지역에 살았던 게르만인.

114

그가 이렇게 말하는 건 욕을 해도 괜찮다는 뜻이었다. 금세, 다른 직원들이 기회를 놓칠세라 말했다.

「백인들은 자기한테서 송장 냄새가 난다는 사실을 알까요?」

「우리가 백인들한테 고약한 냄새를 풍긴다는 사실을 납득시킬 수만 있으면, 이제야말로 정말 효과가 탁월한 탈취제를 만들어 서양에 엄청난 시장을 만들 수 있을 텐데요.」

「냄새가 조금 덜 지독하게 나도록 도울 수는 있겠지만 땀을 흘리지 못하게 할 수는 없잖아. 그 인종이 원래 그런걸.」

「백인들은, 심지어 아름다운 여성들도 땀을 흘린다면서요.」

그들은 신이 나서 죽으려고 했다. 자신들이 하는 말이 내 마음을 다치게 할 수도 있다는 생각 같은 것은 아무한테도 떠오르지조차 않는 것 같았다. 나는 우선은 기분이 좋았다. 그들이 아마도 나를 백인 여자로 여기지 않고 있는 것 같았다. 하지만 금세 다시 맑은 정신으로 돌아왔다. 그들이 내 앞에서 이런 얘기를 하고 있는 것은 내가 아무것도 아니기 때문이었다.

그들 중 누구도 이 일이 내 상사에게 어떤 의미를 갖는지 짐작하지 못했다. 만약 아무도 그 네덜란드인의 겨드랑이 추문(醜聞)을 들추지 않았더라면, 그녀는 여전히 환상을 품고, 약혼자가 될지도 모르는 그 남자의 선천적 결함에 눈을 감아 줄 수도 있었을 것이다.

이제, 그녀는 피트 크라머와는 절대 불가능하다는 사실을 알았다. 그와 조금이라도 연애 관계 같은 것으로 얽힌다면, 자기 평판에 금이 가는 이상으로 심각한, 즉 체면을 잃는 일이 되기 때문이다. 그녀는, 있어도 없는 듯한 나 말고는 아무도 자신이 이 독신남에게 어떤 눈길을 보냈는지 몰랐기 때문에, 다행이라고 생각할 수 있었다.

고개를 빳빳이 들고 입은 악문 채, 그녀는 다시 일을 하기 시작했다. 얼굴 표정이 극도로 경직되어 있는 걸 보고, 나는 그녀가 이 남자에게 얼마나 많은 기대를 걸었는지 짐작할 수 있었다. 그렇게 된 데는 내가 일정한 역할을 했다. 내가 그녀를 부추겼다. 내가 없었다면 그녀가 그에 대해 진지하게 생각해 보았을까?

그러니까, 그녀가 고통스러워한다면 그건 상당 부분 나 때문이었다. 내가 이걸 보고 틀림없이 좋아했을 것이라고 생각해 본다. 그런데 나는 조금도 좋지 않았다.

그 사건이 터졌을 때는, 내가 경리 업무를 그만둔 지 2주일이 조금 넘은 상태였다.

유미모토사 내에서 나의 존재는 잊힌 듯했다. 나에게 일어날 수 있는 최상의 일이었다. 나는 즐거워하기 시작했다. 상상을 초월할 정도로 야심이라고는 손톱만큼도 없는 내가 볼 때, 책상에 앉은 채 내 상사의 얼굴에서 사계절이 지나가는 것을 관조하는 것보다 더 행복한 인생이 있을 것 같지는 않았다. 커피와 차를 내가고, 이따금씩 창문으로 뛰어내리고, 계산기를 쓰지 않는 것은, 회사에서 역할을 찾아보겠다는 아주 미적지근한 내 욕구를 충족시켜 주는 것이었다.

어설픈 짓이라고 할 만한 일만 저지르지 않았다면, 내 존재가 누리고 있던 이런 숭고한 휴경(休耕) 상태는 아마도 영원히 지속될 수 있었을 것이다.

어쨌든 간에, 나는 이런 상황을 누릴 만했다. 내가 아무리 좋은 뜻을 가지고 있어도 일을 저지르게 된다는 사실을 상관들에게 힘들게 입증한 셈이었기 때문이다. 이제 그들은 이해하고 있었다. 그래서 그들이 암묵적으로 취한 입장이 다음과 비슷한 것임에 틀림이 없었다. 〈이 인간이 더 이상 아무것에도 손대지 못하게 하자.〉 그리고 나는 새 역할에 부응하고 있었다.

어느 날, 우리는 멀리, 산에서 천둥치는 소리를 들었다. 벼락같이 소리를 지르는 오모치 씨였다. 우르릉 쾅쾅 하는 소리가 점점 가까이 다가왔다. 우리는 벌써 두려움에 떨며 서로를 쳐다보고 있었다.

우리들 사이로 굴러 떨어지는 부사장의 살덩이를 이기지 못하고 경리부의 문이 노후한 댐처럼 무너져 내렸다. 그는 사무실 한가운데 멈춰 서서 점심을 달라고 요구하는 식인귀의 목소리로 소리를 질렀다.

「후부키 상!」

그때 우리는 누가 카르타고의 우상(偶像) 같은 식욕을 가진 뚱보의 제물로 바쳐질지 알게 되었다. 잠시 동안이나마 화살을 피하게 된 사람들이 아주 잠깐 동안 안도감을 느꼈지만, 진심으로 자기 일처럼 느껴 이내 모두들 덜덜 떨고 있었다.

즉시, 몸이 뻣뻣하게 굳은 내 상사가 자리에서 일어 났다. 그녀는 자기 앞을 똑바로, 그러니까 내 쪽을, 하지만 나를 보지는 않고 쳐다보았다. 경이로울 정도로 공포감을 억누르고 있는 그녀는 자신에게 주어질 운명 을 기다리고 있었다.

어느 순간, 나는 오모치 씨가 축 늘어진 비곗살 사이 에 숨겨 두었던 검을 꺼내 그녀의 목을 벨 것이라고 생 각했다. 만약 그녀의 머리가 내 쪽으로 떨어지면 나는 그걸 잡아 죽는 날까지 고이고이 간직할 것이다.

〈아니지.〉 나는 합리적으로 생각했다. 〈그건 다른 시 대에나 쓰던 방법이지. 그는 늘 하던 대로 할 거야. 그 녀를 자신의 사무실로 부른 뒤 세기적인 힐책을 퍼붓겠 지.〉

그는 생각보다 더 끔찍했다. 평소보다 더 사디스트 적인 기분을 느꼈던 것일까? 아니면 바쳐진 제물이 여 성이라서, 그것도 너무도 아름다운 처녀라서 그랬던 것 일까? 그가 그녀에게 천 년에 한 번 볼까 말까 한 힐책 을 퍼부은 곳은 자신의 사무실이 아니었다. 그 자리에서, 경리부의 직원 40명이 지켜보는 가운데서였다.

누구라도, 일본인이라면 더더욱, 오만하고 고상한 모리 양이라면 한결 더, 이렇게 공개적으로 좌천당하는 것보다 더 모욕적인 일은 상상할 수 없었다. 괴물은 그녀가 체면을 잃기를 바랐던 것이다. 두말할 필요가 없었다.

자신이 지닌 파괴적인 힘의 위력을 미리 음미하기 위해서인 듯, 그가 천천히 그녀에게로 다가왔다. 후부키는 눈썹 하나도 까딱하지 않았다. 그녀는 어느 때보다도 눈이 부셨다. 바싹 마른 입술이 떨리기 시작했고, 그의 입에서 우레와 같은 고함소리가 끝을 모르고 쏟아져 나왔다.

도쿄 사람들은 특히 욕을 할 때, 초음속으로 말을 하는 경향이 있다. 부사장은 수도 태생이라는 것만으로는 부족해 불뚱이 뚱보였으니, 목소리에 지방질의 노기(怒氣)가 찌꺼기처럼 꽉 차 있었다. 이런 복합적인 이유가 작용해, 나는 그가 내 상사한테 퍼붓고 있는 끝없는 폭언을 거의 아무것도 이해하지 못했다.

이런 상황에서, 비록 일본어가 낯설게 들리긴 해도

무슨 일이 벌어지고 있는지는 파악할 수 있었다. 지금 한 사람이 너무도 부당한 대우를 당하고 있었다. 그것도 나한테서 얼마 떨어지지 않은 곳에서. 정말 잔인한 광경이었다. 이 장면이 끝날 수만 있다면 나는 값비싼 대가라도 치렀을 것이다. 하지만 끝나지 않고 있었다. 고문자의 배에서 나오는 노호(怒號)가 고갈되지 않을 것처럼 보였다.

이런 벌을 받을 만큼 후부키가 도대체 무슨 죄를 저질렀단 말인가? 나는 결코 알 수 없었다. 하지만 나는 그래도 내 동료를 알고 있었다. 그녀의 능력, 일에 대한 열정, 직업 의식은 보기 드물 정도였다. 무슨 잘못을 저질렀는지는 모르지만 틀림없이 대수롭지 않은 잘못이었을 것이다. 또 그렇지 않다고 하더라도 최소한 이 뛰어난 여성이 지니고 있는 탁월한 가치는 고려해야 할 것이다.

내 상사가 무슨 잘못을 저질렀을까 하고 궁금해하는 내가 분명히 너무 순진한 것이었다. 가장 가능성이 높은 건 그녀가 아무 자책할 일도 하지 않은 경우였다. 오모치 씨는 우두머리였다. 원하기만 하면 그는, 대수롭지 않은 구실이라도 들먹여 모델처럼 생긴 이 처녀를 상대로 자신의 사디스트적인 욕구를 채울 권리가 있었다. 자기 행동을 합리화시킬 필요가 없었다.

갑자기 내가 부사장의 성(性)생활의 한 단편 — 정말 부사장이라는 그의 직함에 걸맞은 — 을 보고 있다는 생각이 들었다. 그처럼 거구인데도 아직 여자와 잠자리를 하는 게 가능할까? 대신 그의 몸집은 소리를 지르고, 이 미녀의 야리한 몸을 고함으로 부들부들 떨게 하는 데는 더 안성맞춤이었다.

분명히, 그는 모리 양을 강간하는 중이었고, 40명이 지켜보는 가운데 자신의 가장 저속한 본능을 채우는 것은 육체적 쾌락에다 노출증의 쾌감도 함께 맛보기 위한 것이었다.

이런 설명이 얼마나 합당한지, 나는 내 상관의 몸이 내려앉는 것을 보게 되었다. 그녀는 강인하고 하늘을 찌르는 자긍심을 가진 여자였다. 그런 그녀의 몸이 무너지고 있다면, 그건 그녀가 성적(性的) 공격을 받고 있다는 증거였다. 그녀의 다리가 기진맥진한 정부(情婦)의 다리처럼 주저앉았다. 그녀는 의자에 털썩 앉았다.

내가 오모치 씨의 얘기를 통역하는 동시 통역사였다면, 아마 이렇게 통역했을 것이다.

「그래, 나는 1백50킬로그램이고 너는 50킬로그램이지, 우리 둘을 합치면 2백 킬로그램이야, 정말 흥분돼. 나는 지방질 때문에 움직이는 게 거북해. 그래서 네가 쾌감을 느끼도록 하는 데 어려움이 있을 거야. 하지만 내 살덩이 덕분에 널 쓰러뜨리고 깔아뭉갤 수 있지. 난 그게 좋아 미치겠어. 특히 우리를 쳐다보고 있는 이 멍청이들이 있으면 더 그렇지. 네 교만함이 상처받고 괴로워하는 걸, 네가 변명할 입장이 못 되는 걸 보는 게 좋아 미치겠어. 나는 이런 식의 강간을 끔찍이도 즐기지.」

벌어지고 있는 상황의 성격을 눈치채고 있는 사람이 나밖에 없었던 건 분명히 아니었다. 내 주변에서, 동료들은 당혹감으로 어쩔 줄 몰랐다. 그들은 할 수 있는 한 시선을 돌리고 자신들의 서류나 컴퓨터 화면 뒤로 수치심을 감추고 있었다.

이제 후부키는 완전히 구부정한 모습을 하고 있었다. 깡마른 팔꿈치는 책상에 올려져 있었고, 꽉 쥔 주먹이 이마를 받치고 있었다. 부사장의 입에서 불을 뿜으며 나오는 기관총 사격으로 이따금씩 그녀의 가녀린 등이 들썩들썩했다.

다행히도 이런 상황에서 조건 반사적으로 끼어들 만큼 내가 아주 어리석지는 않았다. 그렇게 했다면, 나는 말할 것도 없고 제물의 처지까지 악화시켰을 것임에 틀림없었다. 하지만 이렇게 현명하게 모른 척한 걸 내가 절대 자랑스러워할 수는 없을 것이다. 명예를 지키려면 바보처럼 굴어야 할 때가 아주 많다. 불명예스러운 일을 당하느니 멍청이같이 처신하는 게 낫지 않을까? 지금도 나는 도리(道理)보다 현명함을 택했던 사실을 부끄럽게 느끼고 있다. 누군가 중간에 나서야 했다. 다른 사람들이 이런 위험을 감수할 리 만무했으니, 내가 희생했어야 했다.

물론, 내 상사는 그런 나를 절대 용서하지 않았을 것이다. 하지만 그녀가 잘못 생각한 것이다. 우리가 한 것처럼 행동하는 게, 이런 비인간적인 장면을 이렇다 저렇다 말도 못 하고 보고만 있는 게 더 나쁜 건 아니었을까? 권위에 절대적으로 복종하는 우리 모습이 더 나쁜 게 아니었을까?

욕지거리하는 시간을 재놓을걸. 그는 뚝심이 있는 사람이었다. 나는 시간이 지나면서 그의 고함소리가 점점 쩌렁쩌렁하게 퍼지는 것 같은 인상까지 받았다. 아직도 더 입증할 필요가 있다고 한다면, 이거야말로 그 장면이 어떤 호르몬의 성질을 가지고 있는지 보여 주는 것이었다. 성행위의 쾌감을 느끼고 있는 사람이 성욕을 갈구하는 자신의 몸부림을 보면서 정력이 다시 솟거나 놀라우리만큼 커지는 것을 경험하듯이 부사장은 점점 더 야만적으로 변했고, 그의 고함소리에서 점점 더 에너지가 발산되었다. 그리고 여기서 발생하는 물리적 충격에 그 가련한 여성은 갈수록 제압당하고 있었다.

끝이 날 무렵, 다리의 힘이 쫙 풀리는 장면이 벌어졌다. 강간을 당할 때 틀림없이 나타나는 현상처럼, 후부키도 퇴행한 모습을 보여 주었다. 가냘픈 목소리가, 여덟 살짜리 소녀의 목소리가 이렇게 신음처럼 두 번 울리는 걸 들은 사람은 나밖에 없었다.

「오코루나, 오코루나.」

이것은 잘못을 했을 때 쓰는 가장 유아적이고 구어체적인 표현 중에서도, 어린 소녀가 아버지한테 대들면

125

서 쓰는 표현, 그러니까 모리 양이 자신의 상사한테 말을 하면서는 결코 쓰지 않을 표현이었는데, 〈화내지 마, 화내지 마〉 하는 뜻이었다.

이미 토막이 난 뒤 반쯤 입 속으로 들어간 영양(羚羊)이 맹수에게 구해 달라고 하는 것처럼 터무니없는 애원이었다. 하지만 무엇보다도 복종의 원칙을, 윗사람의 말에 대해서는 절대 자기 변호를 할 수 없다는 금지 사항을, 입이 딱 벌어질 정도로 어기고 있었다. 오모치 씨는 처음 들어 본 이 목소리에 약간 당황한 것 같았지만 상관하지 않고 도리어 더 크게 소리를 질렀다. 어쩌면 이런 어린애 같은 태도에 그에게 한층 만족감을 주는 면이 있었을 수도 있다.

한참이 지나고 나서, 괴물이 장난감에 싫증을 느꼈는지, 아니면 강장제 효과가 있는 이 운동을 하고 나니 배가 고파 마요네즈 더블 샌드위치가 먹고 싶었는지, 자리를 떴다.

경리부는 쥐죽은 듯이 조용했다. 나 말고는 아무도 희생자를 쳐다볼 엄두를 내지 못했다. 그녀는 몇 분간 허탈한 표정을 짓고 있었다. 일어설 힘이 생기자 한 마디도 하지 않고 도망치듯 사라졌다.

　나는 그녀가 어디로 뛰어갔는지 확신이 있었다. 강간당한 여자들이 어디로 가는가? 물이 흐르는 곳, 토할 수 있는 곳, 가능한 한 인적이 없는 곳이다. 유미모토의 사무실 중에서 이런 요건에 가장 잘 부합하는 곳은 바로 화장실이었다.

　바로 여기서 나는 어설픈 짓을 저지르고 말았다.

　내 피가 끓었다. 그녀에게 용기를 북돋아 주어야 했다. 그녀가 내게 준 모욕, 내게 퍼부은 욕을 생각하며 합리적으로 생각하려고 해도 아무 소용이 없었고, 우스꽝스러운 동정심이 다른 감정을 제압했다. 그래 그래, 아무리 생각해도 너무 우스꽝스럽다. 어차피 아무렇게나 행동할 바엔 오모치 씨와 내 상사를 중재하고 싶은 마음이 생기는 게 백번 좋았을 텐데. 적어도, 그것은 용기 있는 행동이었을 테니까. 그런데 최종적으로 내가 보인 태도는 단순히 친절하고 바보스러운 것이었다.

　나는 화장실로 뛰어갔다. 그녀는 세면대 앞에서 울고 있었다. 나는 그녀가 내가 들어오는 걸 보지 못했다고 생각한다. 불행히도, 그녀는 내가 자신에게 하는 말을 들었다.

「후부키, 너무 마음이 아파요! 난 진심으로 당신 편이에요. 난 당신 편이에요.」

화가 나서 넋이 나간 그녀의 시선이 나를 향하는 걸 봤을 때, 이미 나는 위로하겠다는 마음으로 부들부들 떨리는 한쪽 팔을 내밀며 그녀 쪽으로 다가가고 있었다. 병적인 분노로 분간조차 할 수 없이 변해 버린 그녀의 목소리가 내게 악을 썼다.

「당신이 감히 어떻게? 당신이 감히 어떻게?」

그녀에게 해명을 하려고 나섰던 걸 보면 내 머리가 잘 돌아가는 날은 아니었던 게 틀림없다.

「당신을 성가시게 할 생각은 없었어요. 다만 친구가 옆에 있다는 얘기를 해주고……」

증오가 절정에 이른 그녀는 내 팔을 마치 회전문처럼 밀어젖히고 소리를 꽥 질렀다.

「입 좀 다물어 주겠어요? 여기서 나가 줄래요?」

분명히, 나는 그걸 원하지 않았다, 어안이 벙벙한 채 그 자리에 송장처럼 서 있었던 걸 보면.

오른쪽 눈에는 히로시마, 왼쪽 눈에는 나가사키를

품고 그녀가 내 쪽으로 걸어왔다. 한 가지 분명한 게 있다. 만약 나를 죽여도 된다면 그녀가 주저하지 않았을 것이라는.

마침내 내가 어떻게 행동해야 할지 깨달았다. 나는 잽싸게 자리를 떴다.

자리에 돌아온 뒤, 정말 너무도 방대한 명상의 주제인 내 멍청함을 분석하며 조금이나마 일하는 척이라도 하면서 남은 하루해를 보냈다.

후부키는 동료들이 보는 앞에서 머리 꼭대기에서 발끝까지 수모를 당한 터였다. 그녀가 우리들에게 감출 수 있는 유일한 것, 그녀가 지킬 수 있었던 마지막 남은 명예는 바로 그녀의 눈물이었다. 그녀는 우리들 앞에서 울음을 터뜨리지 않는 힘이 있었다.

그런데 내가, 약삭빠르게, 자신의 은신처에서 오열하는 그녀의 모습을 보려고 갔던 것이다. 마치 수치스러워하는 그녀의 모습을 보며 전율이라도 느끼고 싶어 했던 것처럼. 그녀는 내 행동이 어진 마음에서, 생각 없는 어진 마음에서 나왔다고 결코 이해할 수도, 믿을 수도,

인정할 수도 없었을 것이다.

한 시간이 지난 후 희생자가 다시 자신의 자리로 돌아와 앉았다. 아무도 그녀를 쳐다보지 않았다. 그녀는 나를 쳐다보았다. 눈물이 마른 그녀의 눈은 증오로 이글거리고 있었다. 거기에 이렇게 써 있었다. 〈너, 두고 보면 알 거다.〉

그러고 나서 그녀는 아무 일도 없었다는 듯, 내가 이 선고(宣告)를 나름대로 해석할 수 있는 여유를 주면서, 다시 일을 하기 시작했다.

그녀가 보기엔, 내 행동이 틀림없이 순전한 보복 행위였다. 그녀는 자신이 전에 나를 학대했다는 사실을 알고 있었다. 그녀가 볼 때는, 내 유일한 목적이 복수였음은 의심할 여지가 없었다. 내가 화장실로 가서 눈물을 흘리는 그녀의 모습을 쳐다본 것이 그녀에게서 받은 만큼 되돌려 주기 위해서였다는 것이다.

나는 그녀에게 정말 진실을 가르쳐 주고, 말해 주고 싶었다. 〈인정해요, 바보 같고 서투른 행동이었어요. 하지만 제발 부탁이에요 내 말을 믿어 줘요. 그냥 순수한 마음에서, 아무 꾸밈 없이, 그냥 인간적인 마음이 우러나왔던 것뿐이지 다른 뜻은 없었어요. 얼마 전까지 난 당신을 원망했어요. 맞아요. 하지만 당신이 그렇게 인간 이하로 모욕을 당하는 걸 보니, 그저 투박한 동정심 말고는 아무 다른 감정이 안 생기더군요. 당신처럼 명민한 사람이 어떻게 이 회사에, 아니 이 지구 상에 나만큼 당신을 높이 사고 흠모하고, 또 당신의 영향력 아래 있는 사람이 또 있다고 생각할 수 있어요?〉

이런 말을 했다면 그녀가 어떻게 나왔을지 나는 결코 알 수 없을 것이다.

그다음 날, 이번에는 후부키가 믿어지지 않을 만큼 태연한 얼굴로 나를 맞았다. 〈그녀가 기운을 차렸구나, 많이 나아졌어.〉 나는 이렇게 생각했다.

그녀는 차분한 목소리로 내게 말했다.

「당신이 맡을 새 업무를 줄게요. 따라와요.」

나는 그녀를 따라 사무실 밖으로 나갔다. 벌써, 나는 불안해지기 시작했다. 그렇다면 나의 새 업무가 경리부에서 하는 게 아니라는 말인가? 도대체 무슨 일일까? 그녀가 날 어디로 데려가는 거지?

우리가 화장실 쪽을 향하고 있다는 걸 확인하고 나자, 내 두려움은 구체화되기 시작했다. 설마 아니겠지, 나는 생각했다. 분명히 마지막 순간에 왼쪽으로 돌든지 오른쪽으로 돌든지 해서 다른 사무실로 가는 거겠지.

우리는 좌현으로도, 우현으로도 키를 틀지 않았다. 그녀는 나를 정말 화장실로 데리고 갔다.

〈틀림없이 우리가 어제 일에 대해 서로에게 해명할 수 있게 나를 이 외진 곳으로 데려왔을 거야〉라고 나는 속으로 생각했다.

아니, 그렇지 않았다. 무표정하게, 그녀가 말했다.

「자, 당신의 새로운 직책이에요.」

그녀는 결연한 표정을 하고, 아주 전문가적으로, 앞으로 내가 할 일들의 시범을 보여 주었다. 사람들이 두루마리 티슈를 손 닦는 데 다 썼으면 〈마른 상태의 깨끗한〉 두루마리를 다시 갈아 끼워 넣는 일이었다. 또 화장실 칸칸마다 화장지를 갈아 끼우는 일도 내 일이었다. 이 일을 하라고 그녀는 나에게 그 귀중한 다용도실 열쇠를 넘겨주었는데, 그곳에는 유미모토사 간부들이 분명히 눈독을 들이고 있을, 이 기막힌 물건들이 그들의 시선을 피해 보관돼 있었다.

그 아름다운 피조물이 나에게, 너무나도 진지하게, 용도를 설명하기 위해 — 그녀는 내가 모르고 있다고 상정하고 있었을까? — 조심스럽게 변기 세척용 솔을 집어 들었을 때가 절정이었다. 이런 장면만으로도, 나는 정말이지 이 여신(女神)이 그런 도구를 들고 있는 걸 볼 기회가 오리라고는 꿈에도 생각하지 못했다. 더군다나 그게 내 새로운 옥새(玉璽)라고 가르쳐 주기 위해서라고는.

나는 기절초풍해서 한 가지 물어보았다.

「내가 누구의 후임이지요?」

「누구의 후임도 아니죠. 청소부 아줌마들이 이 일을 저녁마다 해요.」

「청소부들이 그만뒀나요?」

「아뇨. 그런데, 저녁때 아줌마들이 일하는 걸로 충분치 않다는 사실을 당신도 틀림없이 느꼈을 텐데요. 낮 동안에도 풀어 쓰는 마른 티슈가 떨어지거나 화장실 안에 휴지가 없는 경우, 아니면 변기가 더러워진 채로 저녁때까지 방치되는 일이 더러 있어요. 거북한 일이죠.

특히 유미모토사 외부에서 간부들이 방문할 때는요.」

순간적으로, 동료 직원이 아니고 회사 외부 사람이 변기를 더럽힌 걸 보는 게, 간부의 입장에서 볼 때 어떤 점에서 더 거북한 일인지 궁금해졌다. 하지만 후부키가 부드러운 미소를 지으며 결론을 내렸기 때문에 이 의문에 대한 해답을 얻지 못하고 지나갔다.

「이제부터는, 당신 덕분에 이런 불편을 더 이상 겪지 않겠군요.」

그녀는 자리를 떴다. 나는 승진해 온 곳에 혼자 남게 되었다. 어안이 벙벙해져, 팔은 맥없이 건들건들하고, 나는 꼼짝 않고 있었다. 바로 그때 다시 문이 열리면서 후부키의 얼굴이 보였다. 연극에서처럼, 그녀는 내게 가장 멋진 대사를 해주기 위해 돌아왔다.

「깜빡했어요. 당신의 업무 영역이 남자 화장실까지 포함하는 것은 당연하죠.」

요약을 한번 해보자. 어려서, 나는 신이 되고 싶었다. 얼마 안 되어, 욕심이 지나치다는 것을 깨닫고 꿈을 조금 줄였다. 예수가 되겠다고. 그런데 금방 야망이 지나치게 원대하다는 것을 알게 되었다. 그래서 순교자를 〈장래 희망〉으로 하기로 했다.

성인이 되어, 나는 허황된 꿈을 조금 접고 일본 회사에서 통역사로 일하기로 마음먹었다. 이를 어쩌나, 너무 과분한 자리여서 한 등급 아래로 내려가 경리가 되어야 했다. 하지만 나의 전격적인 신분 추락은 멈추지 않고 계속되었다. 나는 그래서 별 볼 일 없는 직책으로 자리를 옮겼다. 불행하게도 ── 내가 이걸 예상했어야 했다 ── 별 볼 일 없는 자리, 이것도 역시 내게는 너무 과분했다. 그리고 그때 최종적인 직책을 받았다. 화장실 청소부라는.

신에서 화장실까지 떨어진 이 인정 사정 없는 행로를 보면 감탄이 절로 나올 것이다. 성악가가 소프라노와 콘트랄토 사이를 왔다 갔다 할 수 있는 경우 광대한 음역(音域)을 지녔다고 말한다. 그러면 나는 모든 음역에서, 신의 음역뿐 아니라 화장실 관리인의 음역까지 노래가 가능한, 대단한 음역을 가진 재능을 타고났다고 감히 말할 수 있을 것이다.

어안이 벙벙한 상태가 지나가고 내가 처음으로 느낀

것은 이상한 안도감이었다. 더러워진 변기를 문질러 닦을 때의 좋은 점은 이제 더 아래로 떨어지는 것을 두려워할 필요가 없다는 것이다.

후부키의 머릿속에 펼쳐진 생각은 분명히 이렇게 요약될 수 있을 것이다. 〈네가 화장실로 나를 따라와? 그래 좋아. 거기 남아 있어.〉

나는 그곳에 남았다.

내 입장이었다면 누구든지 사표를 냈을 것이라고 생각한다. 일본 사람만 제외하고 누구든지. 내 상사 쪽에서는, 이런 자리를 주는 것이 내가 사임할 수밖에 없도록 만드는 한 가지 방법이었을 것이다. 그런데, 사표를 내는 것, 그건 체면을 잃는 일이었다. 일본인의 눈에 화장실 청소가 명예로운 일은 아니지만 체면을 잃는 일은 아니었다.

아쉬운 대로 고르는 수밖에 없었다. 나는 1년 기간의 계약을 맺었고, 계약은 1991년 1월 7일에 만료되기로 되어 있었다. 그때가 6월이었다. 나는 견딜 것이다. 이런 상황에서 일본 여성이 보였을 반응처럼, 난 꼭 그렇게 행동할 것이다.

이 점에 있어서, 나는 예외가 아니었다. 일본에 동화되기를 희망하는 모든 외국인은 명예를 걸고 일본 제국의 관습을 지킨다. 그런데 그 반대는 결코 찾아볼 수 없다는 사실에 주목할 필요가 있다. 일본인들은 남이 자신들의 관례를 어기면 기분이 상하면서 정작 자신들이 다른 관습을 무시하는 것에 대해서는 절대 반감을 느끼지 않는다.

나는 이런 부당함을 인식하고는 있었지만 철저히 순응했다. 어떤 사람의 삶에서 도저히 이해할 수 없는 태도를 발견하는 경우, 들여다보면 어린 시절의 아찔한 기억들이 남아 있기 때문인 경우가 많다. 어렸을 적, 내가 살던 일본이라는 세계의 아름다움이 그토록 강한 인상을 주었기 때문에, 나는 여전히 이 감정의 주머니를 옆에 끼고 살고 있었다. 그동안 내가 좋아해 왔던 것을 부정하는 한 제도의 속성인, 끔찍한 경멸이 지금 눈앞에 보였다. 하지만, 내가 더 이상 믿지 않게 된 가치들이지만, 그래도 난 이 가치들에 충실했다.

나는 체면을 잃지 않았다. 7개월 동안 나는 유미모토

사의 화장실에 배치되었다.

그때부터 새로운 생활이 시작되었다. 이상하게 비칠지 모르지만, 바닥까지 닿았다는 느낌은 들지 않았다. 모든 점을 고려해 봐도, 이 직업은 경리 일 — 출장 경비를 확인하던 일 말이다 — 에 비해 끔찍한 정도가 훨씬 덜했다. 온종일, 갈수록 정신 분열을 일으키는 숫자를 계산기에서 꺼내는 것과 다용도실에서 두루마리 화장지를 꺼내는 것 사이에서, 나는 망설이지 않았다.

이제부터 나의 직무가 될 이 일에서는, 적어도 어떻게 해야 할지 갈피를 못 잡겠다는 생각은 안 들었다. 장애가 있는 내 뇌가 주어진 문제의 성격은 이해하고 있었던 것이다. 이제부터는 호텔 숙박료를 엔화로 바꾸기 위해 3월 19일의 마르크화 환율을 찾은 다음, 내 계산 결과를 직원의 계산과 비교하고, 그 사람은 23,254가 나왔는데 왜 나는 499,212가 나왔는지 생각해 보는 일이 아니었다. 불결함을 청결함으로 바꾸고 휴지의 부재를 존재로 바꾸어 놓아야 했다.

정신 위생 없이는 공중 위생도 불가능하다. 이런 혐

오스러운 결정에 굴복하는 나를 보고 틀림없이 화를 낼 사람들에게 이런 얘기를 해야겠다. 결코, 이렇게 7개월을 지내면서 단 한순간도, 내가 모욕을 당했다는 느낌은 들지 않았다.

그 도무지 믿어지지 않는 직무에 배치된 그 순간부터, 나는 존재의 다른 차원, 즉 철저한 조롱의 세계로 들어갔다. 거기서 보낼 7개월을 견디기 위해서는 내 지표(指標)들을 바꿔야 했다. 그때까지 내게 지표로 쓰이던 것을 뒤집어야 했다.

그런데 내 지적(知的) 면역 기능에 의한 구제(救濟) 과정이 일어나면서 이런 내면의 뒤집기가 순식간에 일어났다. 곧, 내 머릿속에서 더러운 것이 깨끗한 것으로 되고 수치가 명예로 바뀌고 고문자가 희생자로 바뀌고 비열한 것은 코믹한 것으로 둔갑했다.

나는 이 마지막 단어를 강조한다. 살면서 이런저런 시기를 겪어 봤지만, 여기서 내 인생 중 (이 표현이 상황에 가장 적절하다) 가장 우스운 시기를 보냈다. 아침마다, 지하철이 유미모토사 건물에 데려다 주면, 나를 기다리고 있을 상황을 생각하며 웃음부터 나왔다. 그리고 집무실에 있을 때는, 갑자기 미친 듯이 웃음이 터져 나오려는 걸 참느라고 애를 써야 했다.

회사에는, 백여 명의 남자 직원 가운데 여자가 다섯 명 있었는데, 이들 중 후부키가 간부급 직위에 오른 유일한 여성이었다. 그러면 세 명의 여직원이 남는 셈이었는데, 이들은 다른 층에서 일하고 있었다. 그런데 나는 44층 화장실에만 신임장을 받고 파견되었다. 그러니까, 44층 여자 화장실은 말하자면 내 상사와 나의 전용 공간이었다.

하는 김에 한마디 더 하는데, 44층으로 내 지리적 활동 범위가 제한되었다는 것은, 굳이 밝히자고 하면, 나를 임명한 것이 얼마나 손톱만큼도 필요가 없는 일인지를 보여 주고 있는 셈이었다. 군인들이 우아하게 〈제동의 흔적〉이라고 부르는 것이 방문객들에게 그 정도로 거북하다면, 43층이나 45층에서는 어떤 점에서 덜 불쾌한 것이었는지 나는 모르겠다.

나는 이런 논거를 내세우지 않았다. 만약 그렇게 해 버렸다면, 틀림없이 이런 말을 들었을 것이다. 〈아주 제대로 봤어요. 이제부터는 다른 층에 있는 곳도 당신 관할이에요.〉 내 야망으로는 44층에 만족했다.

나의 가치 뒤집기는 순전한 환상은 아니었다. 후부키는 내 행동을 틀림없이 소극적인 저항의 표시로 해석하고 정말로 모욕감을 느꼈다. 그녀가 내 사임을 기대한 것은 분명했다. 나는 남아서 그녀에게 한 방 먹었다. 불명예를 다시 멋지게 그녀에게 되돌려 주는 셈이었다.

물론 이런 패배가 말을 통해 확인된 것은 절대 아니었다. 하지만 나는 증거를 확보했다.

그렇듯, 남자 화장실에서 하네다 씨를 직접 만날 기회가 내게 주어졌다. 이 만남은 우리 두 사람 모두에게 대단한 인상을 남겼다. 이 장소에서 신을 보게 되리라고는 상상도 하기 힘들었으니까, 나한테는 그렇고. 내 승진 사실을 모르고 있었으니까, 그에게도 마찬가지였다.

잠시 동안, 그는 어리뜩하기로 유명한 내가 화장실을 잘못 찾아 들어온 줄 알고 웃었다. 그런데 내가 바싹 말라 있지도 깨끗하지도 않은 티슈 두루마리를 꺼내어 새 두루마리로 교체하는 것을 보더니 더 이상 웃지 않았다. 그때부터 그는 상황을 파악하고 더 이상 나를 쳐다볼 엄두를 내지 못했다. 아주 거북한 모양이었다.

141

이 일 때문에 내 상황이 바뀔 것이라고 기대하지는 않았다. 하네다 씨는 자신의 부하 직원 한 명이 내린 지시를, 더군다나 자기 회사의 유일한 여성 간부가 내린 지시를 가지고 문제 삼기에는 너무 좋은 사장이었기 때문이었다. 하지만 내 업무 배치와 관련해 후부키가 그에게 해명을 했어야 했다고 내가 생각할 만한 이유가 있었다.

실제로, 그다음 날, 여자 화장실에서 그녀가 차분한 목소리로 내게 말했다.

「만약 불평할 거리가 있다면 나한테 해야 하는 거예요.」

「아무에게도 불평하지 않았는데요.」

「당신, 내가 무슨 말을 하고 싶은지 지금 잘 알고 있잖아요.」

나는 사실 그만큼 잘 알지 못하고 있었다. 불평하지 않는 척하기 위해 내가 어떻게 했어야 할까? 정말 화장실을 잘못 들어왔다고 믿게 그 즉시 남자 화장실에서 도망쳐 나왔어야 했나?

어쨌든 내 상사의 문장이 너무 마음에 들었다. 〈만약

불평할 거리가 있다면……〉 이 표현에서 제일 내 마음에 든 것은 〈만약〉이었다. 그러니까 불평할 이유가 없다고 생각할 수도 있다는 얘기였다.

위계 질서로 보면 나를 여기서 구해 줄 수 있는 사람이 둘 더 있었다. 오모치 씨와 사이토 씨.

부사장이 내 처지를 염려하지 않는 것은 당연했다. 그는 반대로 내 임명에 가장 열광적인 반응을 보인 사람이었다. 화장실에서 나와 마주쳤을 때 신이 나서, 그가 내게 말했다.

「직책이 있다는 거, 좋죠, 응?」

그는 이 말을 하면서 전혀 빈정대지 않았다. 내가 이 업무를 하면서 오직 일을 할 때만 느낄 수 있는, 사람에게 필요한 자신을 발휘하는 느낌을 갖게 되리라고 틀림없이 생각했을 것이다. 나같이 무능력한 사람이 마침내 회사에서 역할을 찾았다는 것이 그의 눈에는 긍정적인 사건으로 비쳤다. 게다가 내가 빈둥거리면서도 월급을 받는 일이 이제 끝나게 됐으니, 안도감마저 느끼고 있는 게 분명했다.

만약 누군가가 그에게, 이런 업무 배치가 나를 모욕

하는 일이라고 생각한다고 얘기했다면, 펄쩍 뛰며 고함을 질렀을 것이다.

「아니, 뭐 이러쿵저러쿵할 게 더 있어? 그녀의 체면을 무시한 일이라고? 우리를 위해 일한다는 것만으로도 이미 그녀는 행복하다고 느낄 수 있지.」

사이토 씨의 경우는 매우 달랐다. 그는 이 일로 심히 곤란해하는 것 같았다. 나는 그가 후부키 앞에서는 오금을 못 편다는 사실을 눈치채고 있던 터였다. 그녀는 그의 수십 배나 되는 위력과 권위를 풍기고 있었다. 천하 없어도 그는 개입할 엄두를 내지 못했을 것이다.

화장실에서 나와 마주치면 야리한 그의 얼굴에서 신경질적으로 입이 실룩하는 게 보였다. 내 상사가 사이토 씨가 선한 사람이라고 한 건 맞는 얘기였다. 그는 착하긴 하지만 꼬리를 사리는 사람이었다.

가장 거북했던 것은 내가 거기서 그 멋진 덴시 씨를 만난 일이었다. 들어와서 나를 발견하더니 그의 안색이 바뀌었다. 깜짝 놀라더니 이내 그의 얼굴이 붉어졌다. 그가 중얼중얼했다.

「아멜리 상…….」

아무 할 말이 없다는 걸 알고 그는 여기서 말을 끊었다. 그러더니 놀라운 행동을 보였다. 이 장소에서 으레 보는 볼일을 전혀 보지 않고 이내 밖으로 나가 버리는 것이었다.

　볼일을 볼 필요가 사라진 것인지, 아니면 다른 층에 있는 화장실에 간 것인지 나는 알 수 없었다. 내 생각에, 덴시 씨는 이번에도 역시 가장 품위 있는 해결책을 찾은 듯했다. 내 상황에 대한 불만을 표시하는 그 나름대로의 방식은 44층 화장실을 이용하지 않는 것이었다. 왜냐하면 내가 그곳에서 다시는 그를 만나지 못했기 때문이다. 아무리 천사 같은 그라고 하지만 그림자도 없는 사람일 리는 만무했다.

　나는 금방 그가 주위 사람들에게 복음을 전파했다는 사실을 알게 되었다. 곧 유제품 부서 직원은 더 이상 한 사람도 나의 토굴을 찾지 않게 되었다. 그리고 나는 차차 다른 부서 직원들한테서조차 서서히 남자 화장실에 대한 애정이 식어 가고 있음을 확인하게 되었다.

　나는 덴시 씨를 찬양했다. 게다가 이 보이콧은 유미모토에 대한 진짜 복수였다. 43층에 가는 편을 택한 사람들은 엘리베이터를 기다리느라고 회사를 위해 일할 수 있는 시간을 허비하고 있었다. 일본에서는 이걸 사보타주라고 한다. 이런 저속한 일은 외국인이 아니고는 도저히 생각해 내기도 힘들기 때문에, 프랑스어 단어를 빌려 쓸 정도로 그렇게 끔찍한, 일본에서는 중죄(重罪) 중 하나였다.

이런 연대 의식이 내 심금을 울렸고, 문헌학광인 나에게는 기분 좋은 일이었다. 〈보이콧·boycott〉이라는 단어의 어원이 보이콧이라는 이름을 가진 아일랜드의 한 지주(地主)라고 하지만, 그래도 그 사람 성(姓)의 어원에 사내아이라는 암시가 들어 있다고 상정해 볼 수 있다. 그리고 사실상 내 집무실 봉쇄의 주역들은 모두가 남자였다.

〈걸콧·girlcott〉은 없었다. 정반대로 후부키는 어느 때보다도 화장실에 오는 데 몸이 달아 있었다. 심지어 하루에 두 번 이를 닦으러 오기 시작했다. 그녀의 증오심이 구강 위생에 얼마나 좋은 영향을 끼치는지 상상도 못한다. 내가 사임하지 않은 것에 대해 너무 원망하고 있었기 때문에, 나를 비웃어 주러 올 수만 있다면 그녀는 어떤 핑계라도 다 좋았다.

나는 이런 행동이 재미있었다. 후부키는 나를 불편하게 한다고 믿었지만 나는 반대로 우리에게만 주어진, 이 여성만의 공간에서 그녀의 폭발적인 아름다움을 찬미할 수 있는 기회가 그렇게 많이 생긴 것에 황홀해하고 있었다. 그 어떤 규중(閨中)도 44층 여자 화장실만큼 은밀한 장소는 못 되었다. 문이 열리면, 나는 의심할 필요 없이 내 상관이라는 걸 알 수 있었다. 다른 세 명의 여성들은 43층에서 일하고 있었기 때문이었다. 그러니까 그곳은 폐쇄된, 라신Racine적 공간이었다. 이곳에서 두 비극 배우들은 하루에도 몇 번씩, 만날 때마다 정념(情念)에 불타는 난투극의 장면을 쓰고 있었다.

점차, 44층 남자 화장실에 대한 애정 상실이 조금 지나칠 정도로 눈에 띄게 나타났다. 나는 질겁하는 두세 사람이나 부사장 정도 말고 다른 사람은 볼 수 없었다. 내 생각에 이 사실에 발끈해서 경영진에 알린 사람은 부사장인 것 같다.

경영진에게는 이것이 실질적인 전략상의 문제였음에

틀림없다. 아무리 권위주의적인 경영을 한다고 하더라도 회사의 실력자들이 간부들에게 아래층 말고 원래 자기 층에서 볼일을 보라고 차마 지시할 수는 없는 노릇이었다. 게다가 그들은 이런 사보타주 행위를 묵과할 수도 없었다. 그러니 대응을 하기는 해야 했다. 어떻게?

두말할 것 없이, 이 파렴치한 일의 책임은 내게로 돌아왔다. 후부키가 여성 전용 공간에 들어와 위협적인 얼굴로 내게 말했다.

「이렇게 계속할 수는 없어요. 이번에도 또 당신은 주변 사람들을 거북하게 하고 있어요.」

「내가 이번에는 또 무슨 짓을 했죠?」

「당신이 잘 알 텐데.」

「맹세하는데, 전혀 모르겠어요.」

「남자들이 더 이상 44층 화장실에 올 엄두를 내지 못하는 걸 눈치채지 못했어요? 그 사람들은 다른 층에 있는 화장실에 가느라고 시간을 낭비하고 있어요. 당신이 있기 때문에 거북해하는 거예요.」

「무슨 말인지 알겠어요. 하지만 그 자리를 선택한 건 내가 아니에요. 당신도 그걸 모르진 않을 텐데요.」

「건방지게! 당신이 품위 있게 행동할 수 있다면 이런 일은 일어나지 않을 거예요.」

나는 눈살을 찌푸렸다.

「이 일에 내 품위가 어쨌다는 건지 도무지 모르겠군요.」

「당신이 화장실에 가는 남자들을, 지금 나를, 나 말이에요, 쳐다보듯이 쳐다본다고 하면 그 사람들 행동이 쉽게 설명이 되죠.」

나는 웃음을 터뜨렸다.

「안심하세요. 나는 그 남자들을 전혀 쳐다보지 않으니까.」

「그렇다면 사람들이 왜 불편해하는 거죠?」

「당연하죠. 다른 성(性)을 가진 사람이 있다는 사실만으로도 충분히 당황스러워할 만하죠.」

「그러면 당신은 왜 거기서 너무도 당연한 결론을 도출하지 않는 거죠?」

「거기서 내가 도대체 무슨 결론을 이끌어 냈으면 한다는 거죠?」

「이제부터 거기 있지 않으면 된다는.」

내 얼굴에 화색이 돌았다.

「남자 화장실 업무에서 해방되는 건가요? 아, 고맙습니다.」

「나는 그런 말을 안 했어요!」

「그럼 도무지 이해가 안 되는데요.」

「응, 그러니까 남자가 들어오면 당신은 나와요. 그리고 그 사람이 나갈 때까지 기다렸다가 다시 들어가는 거죠.」

「알았어요. 하지만 내가 여자 화장실에 있을 때는 남자 화장실에 누가 있는지 알 수 없잖아요. 어떻게 하지 않는 이상······.」

「뭐요?」

나는 일부러 정말 바보 같고 아무 생각 없는 표현을 썼다.

「좋은 생각이 있어요. 남자 화장실에 카메라를 설치하고 여자 화장실에 감시 화면을 달면 간단히 해결되지요. 그렇게 하면 언제 들어가도 되는지 알 수 있게 될 거예요!」

후부키가 할 말이 없다는 표정으로 나를 쳐다보았다.

「남자 화장실에 카메라? 말을 뱉기 전에 도대체 생각을 하기는 하는 건가요?」

「남자들이 그걸 모르니까 뭐!」 나는 순진하게 계속 말을 했다.

「입 다물어요. 당신은 멍청이야!」

「내가 멍청이이길 바라야 하죠. 당신이 이 자리를 똑똑한 사람한테 줬더라면 어떻게 됐겠어요?」

「무슨 권리로 내게 말대답하는 거죠?」

「내가 뭐 겁낼 게 있어요? 당신이 나를 이보다 더 못한 자리에 배치하는 건 불가능할걸요.」

여기서, 나는 너무 지나쳤다. 나는 내 상사한테 경색(梗塞)이 일어났다고 생각했다. 그녀가 나를 죽일 듯이 쳐다보았다.

「조심해요! 당신한테 무슨 일이 일어날 수 있는지 모르고 있군요.」

「얘기해 주세요.」

「안심하지 마요. 그리고 사람이 들어올 때는 화장실에서 나오도록 알아서 행동해요.」

그녀는 나갔다. 나는 그녀의 위협이 정말인지 아니면

그녀가 공갈을 치고 있는 건지 궁금했다.

그래서 나는 새로운 지시를 따랐다. 두 달 만에, 내가 고통스러운 특권을 누리며 일본 남자들이 전혀 품위라곤 없는 사람들임을 깨달은 그 장소에 이제는 예전만큼 드나들지 않아도 된다는 사실에 안도하며. 일본 여성들은 자기가 조그마한 소리라도 낼까 봐 너무 전전긍긍하면서 사는 반면, 일본 남성은 또 너무 그것에 개의치 않고 있었다.

전처럼 그곳에 있을 때가 많지 않아도 나는 유제품 부서의 간부들이 예전의 습관대로 다시 44층을 이용하기 시작하지는 않았다는 것을 알게 되었다. 부서장의 주도로 이들의 보이콧은 계속되고 있었다. 하느님, 정말 덴시 씨에게 영원히 감사드립니다!

사실, 내가 임명을 받은 후부터, 회사 화장실에 가는 것은 정치적인 행동이 되었다.

여전히 44층의 화장실을 이용하는 남자는, 〈권위에 대한 나의 복종은 절대적이다. 외국인들을 모욕하는 것에 난 관심 없다. 더구나 어차피 외국인들은 유미모토 내에 자리가 없는 게 아닌가〉라고 하는 것이나 마찬가지였다.

화장실에 가지 않는 사람들은, 〈상사에게 복종한다고 해서 내가 그들이 내린 결정 중 일부에 대해 비판적인 사고를 견지하지 못하라는 법은 없다. 뿐만 아니라 유미모토가 몇몇 책임 있는 직책에 외국인을 고용해, 이들이 우리에게 도움이 된다면 회사에도 이익이 되는 일이다〉라는 견해를 피력하는 셈이었다.

지금까지 한 번도 화장실이 이렇게 핵심적인 사안이 걸린 이데올로기 논쟁의 장(場)이 된 적은 없었다.

어떤 존재든 최초의 외상(外傷)을 입는 순간이 있게 마련이다. 이런 경험이 삶을 체험 전과 체험 후로 나누어 놓게 된다. 그리고 아주 순간적으로나마 이때의 경험을 떠올리면 사람들은 비이성적이고 동물적이며 치유 불가능한 공포에서 헤어나지 못하게 된다.

회사에 있는 여자 화장실은 유리창을 통해 빛이 들어오는 곳이어서 환상적인 장소였다. 내 세계 속에서 창문은 어마어마한 자리를 차지하고 있었다. 나는 몇 시간이고 서서 이마를 유리창에 박고는, 허공으로 뛰어내리고 놀면서 시간을 보냈다. 내 몸이 떨어지는 장면을 상상했고 현기증을 느낄 정도로 정말 추락하고 있다고 믿었다. 이렇게 하다 보니, 내 직책에 있으면서 정말 한순간도 지루하다고 느낀 적이 없다고 얘기할 수 있다.

또다시 사건이 터졌을 때 나는 한참 창문에서 추락하는 경험을 하고 있었다. 내 뒤에서 문이 열리는 소리를 들었다. 후부키 말고 다른 사람일 리가 없었다. 그런데 내 고문자가 문을 여는 또렷하고 날렵한 소리가 아니었다. 마치 문이 쓰러지기라도 한 것 같았다. 이어서 나는 발자국 소리는 숙녀화 소리가 아니라 발정기(發情期)의 예티[11]가 날뛰면서 내는 둔중한 소리였다.

이 모든 게 순식간에 벌어져서, 나는 그때 거구의 부사장이 나한테로 달려드는 것만 겨우 뒤돌아서 볼 수 있었다.

1백만 분의 1초 동안 질겁하고 나서 ── 맙소사! 남

11 히말라야 산맥에 사는 전설 속의 동물, 〈괴물 같은 눈사람〉이라는 별명으로 불린다.

자가(이 뚱땡이가 남자이기는 하다면 말이다) 여자 화장실에 들어오다니 ── 나는 억겁의 공포에 휩싸였다.

그는 마치 킹콩이 금발의 여성을 낚아채듯 나를 움켜잡고 밖으로 데리고 나갔다. 그의 팔에서 나는 장난감이었다. 그가 나를 집어 들고 남자 화장실로 가고 있다는 걸 알았을 때 내 두려움은 절정에 달했다.

후부키가 내게 했던 위협이 다시 머릿속에 떠올랐다. 〈당신한테 무슨 일이 일어날 수 있는지 모르고 있군요.〉 그녀가 공갈을 친 게 아니었다. 나는 죄에 대한 대가를 치르게 되는 것이다. 뛰던 심장이 멈추었다. 내 머리는 유언장을 썼다.

내가 그때 이런 생각을 했던 게 기억난다. 〈그는 너를 강간하고 죽일 거야. 좋다, 그런데 어떤 순서로? 제발 너를 죽이기부터 했으면.〉

남자 한 명이 화장실에서 손을 씻고 있었다. 저런, 제3자가 있다는 사실로 오모치 씨의 의도에 전혀 변화가 생길 것 같아 보이지는 않았다. 그는 화장실 한 칸의 문을 연 다음 나를 똥간으로 내동댕이쳤다.

〈이제 네가 죽을 시간이 왔구나.〉 나는 생각했다.

155

그는 발작적으로 세 음절을 고래고래 뱉기 시작했다. 너무 공포에 떨고 있었기 때문에 나는 무슨 뜻인지 이해하지 못하고 있었다. 나는 그게 성폭력이라는 아주 특정한 상황에서 가미카제들이 외치는 〈반자이〉와 같은 뜻이거니 생각했다.

노여움이 머리 꼭대기까지 치솟은 그는 계속해서 이 세 개의 소리를 목청껏 외쳤다. 갑자기 빛이 있었고, 나는 그 웅얼웅얼하는 소리의 정체를 알 수 있었다.

「노 페파! 노 페파!」

즉, 일본식 영어로 하면,

「노 페이퍼! 노 페이퍼!」

그러니까 부사장은 이곳에 화장지가 떨어졌다는 걸 내게 알려 주려고 이런 고상한 방법을 택했던 것이다.

나는 열쇠를 가지고 있던 다용도실까지 아무 말 없이 잽싸게 뛰어가서, 다리를 후들후들 떨며, 팔에는 두루마리 휴지를 잔뜩 안고 다시 뛰어서 돌아왔다. 오모치 씨가 두루마리 휴지를 거는 내 모습을 쳐다보더니 칭찬은 아닌 게 분명한 무슨 소리를 고래고래 지르며 나를 밖으로 팽개쳐 버리고는, 그제야 용품이 구비된 화장실에 혼자 들어앉았다.

　마음이 갈가리 찢긴 나는 여자 화장실로 가서 몸을 피했다. 나는 한쪽 구석에 웅크리고 앉아 문맹(文盲)의 눈물을 떨구며 울기 시작했다.

　우연처럼, 바로 그 순간을 택해 후부키가 이를 닦으러 왔다. 거울 속에서, 입에 치약 거품을 문 채, 흐느끼고 있는 나를 쳐다보는 후부키의 모습이 보였다. 그녀의 눈이 쟁글쟁글해 어쩔 줄 모르고 있었다.

　한순간 죽었으면 좋겠다고 생각할 정도로, 나는 내 상사를 증오했다. 느닷없이 그녀의 성씨와 때마침 떠오른 라틴어 어구가 일치한다는 생각을 하며, 나는 그녀에게 메멘토 모리[12] 하고 소리를 지를 뻔했다.

　그로부터 6년 전, 나는 「포로(浮虜)」 ― 영어 제목은 「메리 크리스마스, 미스터 로렌스」였다 ― 라는 일본 영화를 무척이나 좋아했다. 이 영화는 1944년경 태평양 전쟁을 배경으로 하고 있었다. 한 무리의 영국 병사

---

　12 *Memento mori*. 죽음의 상징. 〈너는 죽어야 한다는 걸 기억하라〉라는 라틴어에서 옴.

가 일본군 병영에 포로로 잡혀 있었다. 영국인(데이비드 보위)과 일본군 대장(사카모토 류이치) 사이에 어떤 교과서들에서 〈역설적인 관계〉로 설명하는 관계가 맺어졌다.

아마 그 당시 너무 어렸던 탓인지, 나는 오시마 감독의 이 영화를, 특히 그 두 주인공이 모호하게 서로 대면하는 장면을 각별히 감동적이라고 생각했다. 이것은 일본인이 영국인을 사형에 처함으로써 끝이 났다.

이 영화에서 가장 감칠맛 나는 장면 중 하나는 영화가 거의 끝날 때쯤 일본인이 와서 반쯤 죽어 가는 자신의 희생자를 바라보는 장면이었다. 몸은 땅에 묻고 머리만 밖으로 내놓아 햇빛을 쬐게 하는 형(刑)을 그에게 내린 뒤였다. 이런 기발한 계략으로 그 포로를 동시에 세 번 ── 갈증, 배고픔, 일사병 ── 죽이는 셈이었다.

그 금발의 영국인이 햇볕에 구워지기 쉬운 살색을 가지고 있어 이 형벌이 더 안성맞춤이었다. 그러니 이 뻣뻣하고 기품 있는 사령관이 와서 자신과 〈역설적인 관계〉에 있는 상대를 쳐다보며 생각에 잠길 때, 죽어 가는 사람의 얼굴은 너무 많이 구워지다 못해 약간 거무스

름하게 된 로스구이의 색깔을 띠고 있었다. 나는 열여섯 살이었고, 내 눈에는 이렇게 죽는 것이 멋진 사랑의 증거로 보였다.

이 얘기와 내가 유미모토사에서 겪은 고초 사이에 상황상의 유사점을 발견하지 않으려야 않을 수 없었다. 물론, 내가 받은 벌은 다른 것이었다. 하지만 나는 어찌 됐든 일본 병영에 잡힌 포로였고, 내 고문자는 사카모토 류이치에 필적할 만큼 아름다운 사람이었다.

어느 날, 그녀가 손을 씻고 있을 때, 이 영화를 본 적이 있느냐고 내가 물었다. 그녀가 그렇다고 했다. 말을 계속한 걸 보면 내가 눈앞에 보이는 것이 없는 날인 모양이었다.

「마음에 들었어요?」

「음악이 좋았어요. 지어낸 얘기를 하는 게 안타까웠지만.」

(인식하지는 못하고 있지만 후부키는 아직도 많은 일본 젊은이들에게 나타나는 소프트한 개헌주의[13]를 몸으로 보여 주고 있었다. 이들은 지난 전쟁에 대해 자기 동포들이 전혀 가책을 느낄 필요가 없다고 생각하

159

며, 아시아에 대한 무력 침공은 그 땅에 살고 있는 사람들을 나치로부터 보호하기 위한 것이었다고 생각한다. 나는 이 문제로 그녀와 논쟁을 벌일 상황은 아니었다.)

「거기서 은유를 읽어야 한다고 생각해요.」 나는 이 말만 하고 말았다.

「뭐에 대한 은유?」

「타인과의 관계에 대한. 예를 들어 당신과 나의 관계에 대한.」

그녀는 이 덜떨어진 여자가 이번에는 또 뭘 찾아냈는지 궁금한 표정을 지으며 당황해서 나를 쳐다보았다.

「그래요.」 나는 말을 이었다. 「당신과 나는, 사카모토 류이치와 데이비드 보위가 다른 것만큼 달라요. 동양과 서양만큼. 이런 외양적인 충돌 뒤에는 서로에 대한 똑같은 호기심, 진심으로 잘 지내고 싶은 마음은 있지만, 밖으로 불거져 나오는 것은 항상 똑같은 서로에 대한 오해.」

내가 금욕(禁慾)의 심정으로 곡언법(曲言法)만 썼는

---

13 1946년 미국에 의해 만들어진 일본 헌법 9조에는 전쟁의 포기가 규정되어 있는데, 이것을 개정하자는 주장.

데도 소용이 없었다. 이미, 너무 지나쳤다는 것을 나는 깨닫고 있었다.

「아니.」내 상사가 잘라 말했다.

「왜요?」

그녀가 뭐라고 반박을 할까? 그녀는 뭐라고 딱 말하기 어려운 상황이었다. 〈나는 당신에 대해 전혀 호기심이 없어요〉 아니면 〈나는 당신과 잘 지내고 싶은 마음 같은 건 전혀 없어〉 혹은 〈당신의 처지를 전쟁 포로에 비유하다니 웬 오만불손이야〉 아니면 〈이 두 인물 사이에 모호한 뭔가가 있긴 해도 이걸 내 경우에 비유하라고, 어림도 없지〉라고 말할까?

아니었다. 후부키는 아주 교활했다. 그녀는 무심하고 정중한 목소리로, 깍듯하게 포장은 되었지만 훨씬 더 충격적인 대답을 하는 것으로 그쳤다.

「당신은 데이비드 보위와 닮지 않았어요.」

그녀의 말이 맞다는 것은 인정해야 했다.

이제는 내 자리가 된 이 직책에서, 내가 말을 하는 건 아주 드문 일이었다. 말하는 게 금지되었던 것은 아니었지만, 묵규(默規) 때문에 나는 말을 하지 못했다. 이상하게도 이처럼 보잘것없는 일을 하면서 자신의 명예를 지키는 유일한 방법은 침묵하는 것이다.

사실, 화장실 청소부가 수다를 떨면 사람들은 그녀가 자기 일에서 편안함을 느끼고, 자기 몸에 딱 맞는 옷을 입고 있으며, 쫑알댈 생각이 들 만큼 일 속에서 충만해진다고 생각하는 경향이 있다.

반대로, 침묵하면, 그건 그녀가 일을 하면서 수도승이 고행하는 느낌을 갖는다는 뜻이었다. 침묵 뒤에 숨어, 그녀는 인류가 저지른 죄를 용서받기 위해 속죄의 임무를 수행한다. 베르나노스는 악(惡)의 고통스러운 평범함을 얘기한다. 화장실 청소부, 그녀는, 역겨운 상이함 뒤에 가려진, 언제나 똑같은, 배설물의 고통스러운 평범함을 알고 있다.

그녀의 침묵은 추스를 길 없는 마음을 말해 준다. 그녀는 화장실의 카르멜회 수녀이다.

그래서 나는 침묵했지만, 대신 생각은 더 많이 했다. 예를 들어, 내가 데이비드 보위와 닮은 점이 없다고 하더라도, 내가 한 비교가 일리가 있다고 생각했다. 정말 나와 그의 경우에서 비슷한 상황이 발견되었다. 여하튼 간에 나에게 이런 추잡한 자리를 준 걸 보면, 나에 대한 후부키의 감정이 아주 분명하지는 않았어야지, 그렇지 않으면 불가능한 일이었다.

그녀에게는 나 말고 다른 부하 직원도 있었다. 그리고 내가, 그녀가 증오하고 경멸하는 유일한 대상도 아니었다. 그런데, 그녀는 나를 상대로만 자신의 잔혹함을 발휘했다. 그건 분명히 특권이었다.

나는 선택받았다고 생각하기로 마음먹었다.

지금까지 읽다 보면, 유미모토 밖에서는 나에게 다른 생활이 전혀 없었다는 생각이 들 수도 있을 것이다. 그건 잘못된 생각이다. 회사 밖에서, 나는 절대 시시하지도 무의미하지도 않은 삶을 영위하고 있었다.

하지만 나는 여기서 그 얘기는 하지 않기로 했다. 우선 주제를 벗어난 얘기일 것이기 때문이고, 그다음은 내가 직장에서 보낸 시간을 볼 때 이 사생활이 어쨌든 시간적으로 한정되었기 때문이다. 그러나 무엇보다도 정신 분열증 차원의 이유 때문에 그렇다. 내 자리에서,

유미모토의 44층 화장실에서, 간부 한 명이 남기고 간 쓰레기의 잔해를 문질러 닦고 있노라면 이 건물 밖에, 여기서 전철로 열한 정거장 거리에, 사람들이 나를 사랑하고 존중하며, 변기 세척 솔과 나를 전혀 연관짓지 않는 곳이 있다고 생각하는 게 나로서는 불가능한 일이었다.

이곳 일터에서, 내 일상 중 밤 시간에 해당하는 그 부분이 머리에 떠오르면, 나는 이 생각 말고 달리 다른 생각을 할 수가 없었다. 〈아니. 넌 이 집과 사람들을 만들어 낸 거야. 새로운 직책에 오기 훨씬 오래전부터 그들이 존재한다고 생각한다면, 그건 환상이야. 눈을 떠봐. 화장실의 도기(陶器)가 가진 불멸성과 비교하면, 이 소중한 사람들의 육신이 뭐 얼마만큼이나 영향력이 있겠어? 폭격당한 도시가 나오는 이 사진들을 떠올려 봐. 사람들은 죽었고 집들은 쑥대밭이 됐어. 하지만 화장실은 우뚝 솟은 배관 위에 걸터앉아, 여전히 하늘을 찌르며 뽐내듯이 솟아 있지. 요한의 묵시록이 효력을 발휘하고 나면, 도시는 완전히 화장실 숲으로 변할 거야. 네가 잠자는 안온한 방, 네가 사랑하는 사람들, 이 모든 게 네 머릿속에서 보상 심리로 만들어진 것들이야. 자신들이 처한 혐오스러운 처지에 대한 위안을 얻기 위해, 니체가 말하는 피안(彼岸), 즉 지상이나 천상에서의 낙원을 나름대로 만들어 놓고 이걸 믿으려고 노력하는 게 비참한 직업을 가진 사람들한테서 전형적으로 나타나는 현상이지. 하는 일이 천할수록, 그들 마음속의 에덴은 더 아름답게 마련이야. 나를 믿어. 44층 화장실 밖에는 아무것도 존재하지 않아. 여기, 지금 있는 게 전부야.〉

그러면 나는 창가로 가서 열한 개 지하철역을 눈으로 지나간 뒤 종착지를 바라보았다. 그곳에는 집이 하나도 보이지 않았고, 집이 있다고 생각할 수도 없었다. 〈그것 봐. 이 조용한 집은 네 상상 속에서 만들어진 거야.〉

나는 이마를 유리에 대고 창문으로 뛰어내리는 것밖에는 달리 할 일이 없었다. 이런 기적을 맛본 사람은 세상에 나밖에 없다. 생명을 구한 게 바로 창문으로 뛰어내리는 일이었다는 기적을.

오늘까지도, 도시 전체에 틀림없이 내 몸의 조각이

흩어져 있을 것이다.

여러 달이 지나갔다. 날이 갈수록, 시간은 점성(粘性)을 잃었다. 나는 시간이 빠르게 흐르는지 느리게 흐르는지 알아낼 수가 없었다. 내 기억은 수세 장치처럼 작동하기 시작했다. 나는 저녁마다 그걸 당겼다. 머릿속 세척 솔이 마지막으로 남아 있던 더러움의 흔적을 말끔히 지웠다.

의례적인 청소는 그러나 아무 소용이 없었다. 내 뇌의 변기가 매일 아침마다 다시 더러워졌기 때문이다.

사람들이 지적한 바 있듯이, 화장실은 명상하기에 좋은 공간이다. 그곳에서 카르멜회 수녀가 된 나에게, 그것은 생각에 잠길 수 있는 기회였다. 그래서 나는 거기서 큰 깨달음을 하나 얻었다. 일본에서, 존재는 바로 회사라는 사실을.

물론, 이것은 이 나라를 다루고 있는 많은 경제 서적에서 이미 언급된 바 있는 사실이다. 하지만 에세이에서 한 문장을 읽는 것과 그것을 체험하는 것은 천지 차이가 있다. 나는 존재라는 것이 유미모토사 직원들과 나에게 무슨 의미인지 깊이 마음에 새길 수 있었다.

내가 겪은 고난이 그들의 고난보다 심한 것은 아니었다. 다만 더 치욕적이었을 뿐이었다. 그렇다고 해서 내가 그들의 처지를 부러워할 정도는 아니었다. 그들의 처지는 나만큼이나 비참했다.

내 눈에는 매일 열 시간씩 숫자를 베껴 쓰는 데 시간을 보내는 경리들이 위대함도 신비함도 사라진 신의 제단에 바쳐지는 제물로 비쳤다. 오랜 옛날부터, 서민들은 자신들이 이해하지도 못하는 현실에 삶을 바쳐 왔다. 적어도, 과거에는 이렇게 무의미하게 삶을 바치면서 어떤 절대적인 대의가 있다고 상정이라도 해볼 수 있었다. 하지만 그들은 이제 더 이상 환상을 가질 수 없었다. 그들은 아무 명분도 없이 자신들의 존재를 던지고 있었다.

모두가 알고 있듯이 일본은 자살율이 가장 높은 나라이다. 내가, 놀라운 것은, 여기서 자살이 더 빈번하게 일어나지 않는다는 사실이다.

그런데 회사 밖에서, 숫자로 뇌가 세척된 경리들을 기다리는 것은 무엇인가? 그들만큼이나 두개골에 구멍이 생긴 동료들과 의무적으로 맥주를 마시고 터질 듯한 지하철을 몇 시간이나 타는 것, 이미 잠든 아내, 벌써 무감각해진 아이들, 물 빠지는 세면대처럼 당신을 빨아들이는 잠, 아무도 어떻게 보내야 하는지 모르는 드문 휴가. 삶이라는 이름에 걸맞은 것은 찾아볼 수가 없다.

그런데 제일 끔찍한 것은, 이 사람들이 지구 상에서 특권을 받은 사람들이라고 생각하는 데 있다.

12월이 됐다, 내가 사임하는 달. 이 단어가 놀랍게 들릴 수도 있겠다. 내 계약 기간 만료가 가까워지고 있었다. 그러니까 사임을 하는 게 아니었다. 하지만 그렇기도 했다. 나는 1991년 1월 7일 저녁까지 기다렸다가 몇 사람과 악수하고 회사를 떠날 수만은 없었다. 얼마 전까지만 해도, 계약이든 아니든, 반드시 종신 고용으로 사람을 채용하던 국가에서, 형식을 갖추지 않고 일을 그만두는 법은 없다.

그 관례를 지키기 위해 나는 피라미드의 맨 아래부터 시작해서 각 위계 서열마다, 그러니까 네 번 사의를 표명해야 했다. 우선 후부키에게, 그리고 사이토 씨, 그러고 나서 오모치 씨, 마지막으로 하네다 씨에게 말이다.

나는 마음속에서 이 의식에 대한 준비를 했다. 내가 대원칙, 즉 불평하지 않는 것을 지키는 것은 당연했다.

뿐만 아니라, 나는 아버지의 지시도 받은 상태였다. 어떤 일이 있어도 이 일로 해서 벨기에와 일본의 선린 관계에 금이 가서는 안 된다. 그러니까 회사의 어떤 일본인이 나에게 못되게 굴었다는 얘기가 들리도록 해서는 안 되었다. 내가 제시할 수 있는 유일한 사임 동기 ― 그렇게 좋은 직책을 왜 그만두는지 설명해야 할 테니까 ― 는 1인칭 단수로 얘기되는 이유일 것이다.

순전히 논리적으로만 보면, 이건 결국 뭘 선택할지 고민하지 않아도 된다는 것이었다. 모든 잘못을 내 탓으로 돌려야 한다는 뜻이었다. 이런 태도가 분명히 우스꽝스러운 것이기는 하지만, 유미모토의 직원들이 내가 자신들의 체면을 깎지 않으려고 이런 태도를 취하는 걸 고맙게 생각해, 〈당신을 나쁘게 말하지 마요. 당신은 아주 좋은 사람이에요〉 하고 이의를 제기하면서 내 말을 가로막을 것이라는 원칙에서부터 출발했다.

나는 내 상사와의 면담을 요청했다. 그녀는 오후가 끝날 무렵 빈 사무실에서 만나자고 했다. 그녀를 만나려는 순간, 악마가 내 머릿속에서 속삭였다. 〈공중 화장실 관리인을 하면 다른 데서 이보다 더 잘 벌 수 있다고 그녀에게 말해.〉나는 이 악마의 입을 막느라고 애를 먹었고, 그 미녀 앞에 앉자 벌써 미친 듯이 웃음부터 터져 나오려고 했다.

악마가 이 순간을 포착해 속삭이며 이렇게 유혹했다. 〈화장실에 접시를 갖다 놓고 들어오는 사람마다 50엔씩 내야 그만두지 않겠다고 그녀한테 말해.〉

나는 진지함을 잃지 않기 위해 입 벽을 깨물었다. 그게 너무 힘들어서 말을 꺼내지 못하고 있었다.

후부키가 한숨을 쉬었다.

「자, 뭐요? 나에게 할 말이 있었지요?」

입이 뒤틀리는 것을 숨기기 위해 가능한 한 머리를 숙였는데, 이렇게 하니 나에게서 내 상사가 분명히 흡족해 할, 공손한 자세가 나왔다.

「제 계약 만료일이 가까워 오고 있습니다. 그래서, 저로서는 정말 너무나 아쉽지만, 계약을 갱신할 수 없다는 사실을 알려 드리려고 했습니다.」

내 목소리는 부하 직원의 표본이 보여 주는 유순하
고 불안한 목소리였다.

「아? 그런데 왜요?」 그녀가 내게 쌀쌀맞게 물었다.

이 얼마나 기막힌 질문인가! 그러니까 코미디를 하
고 있는 사람이 나 혼자만은 아니었던 모양이다. 나는
이렇게 어설프게 흉내 낸 답변으로 그녀에게 장단을 맞
췄다.

「유미모토사는 제게 능력을 발휘할 좋은 기회를 여
러 번 주셨습니다. 죽을 때까지 고맙게 생각할 겁니다.
안타깝지만, 제게 과분하게 해주셨는데도 저는 걸맞은
모습을 보이지 못했습니다.」

내가 말하고 있는 내용이 내가 생각해도 너무 코믹
해서, 다시 한 번 입 벽을 깨물기 위해 말을 중단해야
했다. 후부키, 그녀는 이걸 전혀 재밌다고 생각하지 않
는 모양이었다. 이렇게 말했기 때문이다.

「제대로 봤어요. 당신 생각에는, 왜 당신이 회사의 기
대에 걸맞지 못했다고 생각하죠?」

나는 참지 못하고 고개를 든 뒤, 아연실색해 그녀를

쳐다보았다. 그녀가 나한테 왜 회사 화장실에 걸맞지 못했냐고 물어봐도 되는 걸까? 나를 모욕하고 싶은 마음이 그 정도로 한이 없었다는 말인가? 만약 그렇다면, 그녀가 내게 느끼는 감정의 실체는 도대체 무엇이었단 말인가?

그녀의 반응을 놓치지 않으려고 눈을 똑바로 쳐다보면서, 나는 다음과 같은 엄청난 말을 뱉었다.

「제가 그걸 할 만한 지적 능력이 없었기 때문이죠.」

나한테는 더러워진 변기를 청소하는 데 과연 어떤 지적 능력이 필요한지 아는 것보다, 이렇게 말도 안 되게 복종의 표시를 하면 그게 과연 내 고문자의 입맛에 맞는지 살펴보는 게 더 중요했다.

잘 자란 일본 여성의 전형인 그녀의 얼굴은 굳어 있었고 무표정했다. 그래서 내 대답을 듣고 그녀의 입 언저리가 아주 조금씩 움칠움칠하는 모습을 탐지해 내기 위해, 나는 지진계를 동원해 그녀의 얼굴을 관찰해야 했다. 그녀는 쾌락을 느끼고 있었다.

이렇게 술술 기쁨을 만끽하고 있는 마당에 그녀가 중도에 칼을 넣지는 않을 것이다. 그녀가 계속했다.

「나도 그렇게 생각해요. 그런데 당신 생각에는, 지적 능력이 떨어지는 이유가 무엇인 것 같아요?」

대답은 너무도 당연했다. 나는 상당히 재미를 느끼고 있었다.

「일본인에 비해서 서양인의 머리가 열등하기 때문이죠.」

자신의 욕망을 내가 유순하게 채워 주는 데 신이 난 후부키가 이에 버금가는 답변으로 응수했다.

「물론 그런 게 있긴 하죠. 하지만 일반적인 서양인들의 열등함을 너무 과장해서는 안 되지요. 그렇게 머리가 나쁜 게 무엇보다도 당신 머리에만 독특하게 나타나는 지적 능력 박약 때문이라고 생각하지는 않나요?」

「물론이죠.」

「처음에, 나는 당신이 유미모토를 물먹이고 싶어 한다고 생각했어요. 고의로 바보같이 군 게 아니라고 나한테 맹세해 봐요.」

「맹세해요.」

「당신의 장애를 당신이 알고 있나요?」

「그럼요. 제가 그걸 깨닫도록 유미모토사가 도와 주

었어요.」

내 상사의 얼굴은 여전히 태연했지만 나는 목소리에
서 그녀의 입술이 바싹바싹 마르고 있음을 느꼈다. 마
침내 그녀가 한없는 만족감을 느끼게 해줄 수 있게 되
어 기뻤다.

「그러니까 회사가 당신한테 아주 많은 도움이 된 셈
이군요.」

「죽을 때까지 진심으로 회사에 감사드릴 거예요.」

나는 이 대화가 초현실주의적인 양상을 띠면서 후부
키가 기대하지도 않던 무아지경에 빠지는 게 정말 좋
았다. 사실, 그건 너무 감동적인 순간이었다.

〈사랑하는 눈보라, 이렇게 힘들이지 않고 내가 네 쾌
락의 도구가 될 수 있다면, 절대 어려워할 필요 없어.
네 매섭고 단단한 눈송이로, 규석처럼 깎인 우박알로
나를 공격해. 네 구름은 그토록 격정(激情)으로 가득하
지. 나는 산 속에서 길을 잃은 사람이 되어 이 구름들이
쏟아 붓는 분노를 기꺼이 받아 내겠어. 얼어붙은 침들
이 셀 수 없이 구름에서 쏟아져 내 얼굴에 막 튀고 있어.
나는 그게 전혀 고통스럽지 않아. 너무 아름다운 광경

이야. 네가 모욕적인 말로 내 살가죽을 도려낼 필요를 느끼는 것, 사랑하는 눈보라, 너는 공포(空砲)를 쏘지, 네 사형 집행반 앞에서 눈을 가리는 게 싫다고 했어, 그렇게 오래전부터 네 시선에서 기쁨을 읽게 될 날을 고대했기 때문에.〉

내가 볼 때는 순전히 형식적인 질문을 하는 걸 보고 그녀가 포만감을 느끼는 데 이르렀다고 생각했다.

「그러고 나서는, 뭘 할 생각이죠?」

나는 그녀에게 쓰고 있던 원고에 대한 얘기를 하고 싶은 생각이 없었다. 그래서 평범한 얘기로 답변에 대신했다.

「어쩌면 프랑스어를 가르칠 수도 있을 거예요.」

내 상사가 코웃음을 쳤다.

「가르친다고! 당신이! 당신이 가르칠 수 있다고 믿는다고!」

이런 망할 놈의 눈보라, 절대 탄약이 떨어지는 법이 없다니까!

나는 그녀가 뭔가 또 구실을 찾고 있다는 걸 알아차렸다. 그러니까 내가 교사 자격증을 가지고 있다고 멍청하게 대답을 하지는 말아야지.

나는 고개를 숙였다.

「당신 말이 맞아요. 나는 아직도 내 한계를 제대로 인식하지 못하고 있어요.」

「그렇죠. 솔직히 말해, 당신이 어떤 직업인들 가질 수 있겠어요?」

나는 그녀가 엑스터시의 절정에 도달하도록 만들어 주어야 했다.

과거 일본 황실의 의전(儀典)에, 천황을 알현할 때는 〈두려움과 떨림〉의 심정을 느껴야 한다는 규정이 있다. 나는 사무라이 영화의 인물들이 보여 주는 모습에, 사무라이들이 초인적인 숭배의 감정으로 목소리가 녹아 들면서 자신의 두목을 배알하는 모습에 그렇게 딱 부합하는 이 표현을 늘 끔찍이도 좋아했다.

그래서 나는 두려움의 가면을 쓰고 떨기 시작했다. 나는 두려움이 가득한 눈으로 그 처녀의 시선을 응시하며 말을 더듬거렸다.

「당신이 볼 때 사람들이 쓰레기 수거하는 일에는 나를 받아 줄까요?」

「물론이죠!」 그녀는 조금 지나칠 정도로 흥분해 말을 했다.

그녀는 크게 한 번 숨을 내쉬었다. 성공이었다.

그다음은 사이토 씨한테 사표를 제출해야 했다. 그도 역시 빈 사무실에서 만나자고 했지만, 후부키와 달리 내가 정면에 앉자 심기가 불편한 것 같았다.

「제 계약 만료일이 가까워 오고 있습니다. 그래서, 아쉽지만 계약을 갱신할 수 없다는 사실을 알려 드리려고 했습니다.」

사이토 씨의 얼굴이 수없이 움찟움찟하면서 경련을 일으켰다. 이런 몸짓이 무슨 뜻인지 알 수 없었기 때문에 나는 우스꽝스러운 짓을 계속했다.

「유미모토사는 제게 능력을 발휘할 기회를 여러 번 주셨습니다. 죽을 때까지 고맙게 생각할 겁니다. 안타깝지만, 제게 과분하게 해주셨는데도 저는 걸맞은 모습을 보이지 못했습니다.」

사이토 씨의 야리한 작은 몸이 신경질적으로 흠칫흠칫 소스라뜨렸다. 그는 내 얘기가 상당히 거북한 모양이었다.

「아멜리 상······.」

그의 눈이 사무실의 사방을 뒤적이고 있었다, 마치 거기서 할 말을 찾아내려는 것이기라도 한 듯. 나는 그가 애처롭게 느껴졌다.

「사이토 상?」

「나······ 우리······ 내가 정말 미안하게 됐습니다. 일이 이런 식으로 되길 바란 것은 아닙니다.」

진심으로 사과하는 일본인, 이건 정말 1백 년에 한 번 나올까 말까 한 일이다. 사이토 씨가 나를 위해 그런 모욕을 감수했다는 사실이 기가 막혔다. 계속된 나의 좌천에 그가 어떤 역할도 한 게 아니니, 이런 그의 행동은 더욱 말도 안 되는 것이었다.

「부장님께서 미안하게 느끼실 이유가 없어요. 모든 게 더 바랄 것 없이 잘 지나갔어요. 그리고 부장님 회사에서 일하면서 많이 배웠는걸요.」

그리고 이 점에 있어서는, 솔직히 말해, 내가 거짓말하는 게 아니었다.

「앞으로 무슨 계획이라도 있어요?」 그가 극도로 부

자연스럽지만 친절한 미소를 지으며 내게 물었다.

「제 걱정은 하지 마세요. 뭔가 일을 찾을 수 있을 거예요.」

불쌍한 사이토 씨. 도리어 내가 그에게 힘을 북돋아 주어야 했다. 직장에서 어느 정도 승진을 했다고는 하지만, 그는 수많은 일본 남자 중 하나일 뿐이었다. 자신이 좋아하지 않는 건 분명하지만, 유약하고 상상력이 없어서 절대 폄훼하지는 못할 한 제도의 노예이면서, 동시에 그 제도의 부름을 받드는 서투른 사형 집행인.

이번에는 오모치 씨 차례였다. 나는 그의 사무실에서 그와 단둘이 있게 된다는 생각만으로도 겁이 나 죽을 지경이었다. 내 생각은 틀렸다. 부사장은 기분이 극도로 좋은 상태였다.

그는 나를 보고 화들짝 소리를 질렀다.

「아멜리 상!」

어떤 사람의 존재를 확인하면서 그 사람의 이름을 공중에 던지듯이 크게 내뱉는, 기막히고도 전형적인 일본식으로 이렇게 말했다.

그런데 그는 입안 가득 음식을 물고 이 말을 했다. 그의 음성을 통해 나오는 소리만으로, 나는 이 음식의 정체가 무엇인지 알아내려고 애를 썼다. 그건 쫀득쫀득하고 달라붙는, 이빨에 붙은 걸 떼어 내려면 한참 혀를 움직여야 하는 종류임에 틀림없었다. 하지만 캐러멜이라고 생각할 만큼 입천장에 많이 들러붙는 것은 아니었다. 그렇다고 감초(甘草) 뿌리 스틱이라고 보기에는 너무 기름기가 많고. 마시멜로라고 보기에는 또 너무 두꺼웠다. 불가사의였다.

나는 이제 제법 물이 오른, 그 얘기가 그 얘기인 연설을 다시 늘어놓았다.

「제 계약 만료일이 가까워 오고 있습니다. 그래서, 아쉽지만, 계약을 갱신할 수 없다는 사실을 알려 드리려고 했습니다.」

그의 무릎에 올려져 있는 달달한 군것질거리가 나한테는 책상으로 가려져 있었다. 그는 한 입 양만큼 더 꺼내 입으로 가져갔다. 두툼한 손가락에 가려 함지박 하나 정도는 될 만한 음식이 내가 색깔을 감지하기도 전에 꿀꺽 넘어갔다.

뚱보는, 내가 자기 음식에 호기심을 느끼고 있다는 걸 눈치챘는지, 포장을 들어서 내 눈에 들어오는 곳에 던져 놓았다. 너무 놀랍게도, 나는 연초록색의 초콜릿을 보았다.

몸둘 바를 모른 채, 나는 잔뜩 걱정되는 눈으로 부사장을 쳐다보았다.

「그거 화성(火星) 초콜릿인가요?」

그는 미친 듯이 웃기 시작하더니 발작하듯이 껄떡껄떡 소리를 냈다.

「가세이 노 초코레토! 가세이 노 초코레토!」

즉, 〈화성 초콜릿이라니! 화성 초콜릿이라니!〉이란 뜻이다.

사표를 받는 별 놀라운 방법도 다 있구나 하는 생각이 들었다. 그리고 이런 콜레스테롤 수치가 높은 폭소 때문에 아주 거북스러웠다. 웃음소리가 점점 거세졌고, 나는 심장 발작으로 그가 내 앞에서 쓰러지는 모습을 떠올리게 되었다.

경영진한테 그걸 어떻게 설명할 수 있을까? 〈제가 그분한테 사표를 제출하러 왔습니다. 그것 때문에 그분이 죽었습니다.〉 유미모토사 직원 누구도 이런 진술을 순진하게 믿지 않을 것이다. 내가, 나 같은 부류의 직원이 회사를 그만둔다는 것은 회사로서는 더없이 반가울 수밖에 없었다.

연초록 초콜릿 사건을 아무도 믿으려 들지 않을 것이다. 아무리 엽록소 색깔이라고 하더라도 초콜릿 한 판 때문에 사람이 죽지는 않는다. 암살이라는 견해가 훨씬 더 믿을 만할 것이다. 그리고 내게 암살 동기가 없는 것도 아니지 않는가.

요컨대, 오모치 씨의 명줄이 끊기지 않길 바라야 했다, 내가 완벽한 범인이 될 판이었으니까 말이다.

웃음의 태풍을 잠재우려고 내가 십팔 번 같은 얘기의 2부로 넘어가려는 순간, 뚱보가 상세하게 얘기해 주었다.

「이건 홋카이도의 특산품으로, 멜론이 들어간 화이트 초콜릿이오. 맛이 기가 막히지. 완벽하게 일본 멜론맛을 살려 냈어요. 자, 들어 봐요.」

「아니요, 됐습니다.」

나는 일본 멜론을 좋아했지만, 이 맛이 화이트 초콜

릿의 맛과 섞인다고 생각하니 정말 내키지 않았다.

무슨 불가사의한 이유에선지, 내가 거절한 것이 부사장의 신경을 건드렸다. 그는 점잖은 표현으로 다시 한 번 자신의 지시를 반복해서 말했다.

「메시아가테 구다사이.」

다시 말하면 〈제발, 제 성의를 봐서라도 한번 드세요〉.

나는 싫다고 했다.

그는 언어의 격(格)을 순식간에 내리기 시작했다.

「다베테.」

즉, 〈들어요〉.

나는 거절했다.

그가 소리를 질렀다.

「다베루!」

즉, 〈처먹어!〉

나는 거절했다.

그는 기가 넘어갈 듯이 화를 냈다.

「이런 참 나, 계약이 만료되지 않은 한, 당신은 나한테 복종해야 하오!」

「제가 먹든 안 먹든 그게 부사장님한테 무슨 상관입니까?」

「이렇게 불손하다니! 당신은 나한테 질문을 할 필요가 없어요! 내 지시만 그냥 따르면 되지.」

「만약 제가 말을 듣지 않으면 어떻게 되죠? 내쫓기는 겁니까? 거 잘된 일이겠습니다.」

잠시 후, 내가 너무 지나쳤다는 것을 깨닫게 되었다. 오모치 씨가 쓴 표현만 보더라도 일·벨기에 간의 선린 관계가 큰 타격을 입고 있음을 알 수 있었다.

그가 이내 경색(梗塞)을 일으킬 것처럼 보였다. 나는 그의 앞에 무릎을 꿇었다.

「부디 저를 용서해 주십시오.」

그가 어느 정도 숨을 돌리더니 울부짖었다.

「처먹으라니까!」

그게 내가 받은 벌이었다. 초록색 초콜릿을 먹는 것이 국제 정치적 차원의 행동이라면 누가 믿겠는가?

나는 에덴 동산에서도 아마 일이 이렇게 벌어졌겠지, 하고 생각하며 포장 쪽으로 손을 뻗었다. 이브는 사과를 깨물어 먹을 생각이 전혀 없었다. 그런데 너무나 급

작스럽게, 도저히 설명할 길이 없는 사디즘적 발작을 일으킨 뚱뚱보 뱀이 억지로 그렇게 하도록 만들었다.

나는 네모난 초콜릿 한 조각을 떼어 낸 뒤 입에 갖다 넣었다. 내 마음에 들지 않았던 것은 무엇보다도 이 색깔이었다. 씹었다. 너무 부끄럽지만, 초콜릿 맛이 과히 나쁘지 않다는 생각을 했다.

「기가 막히게 맛있어요.」 나는 마지못해 말을 했다.

「하! 하! 맛있지요, 화성 초콜릿이, 엉?」

그는 득의양양해하고 있었다. 일·벨기에 관계가 다시 더없이 좋아졌다.

전쟁 선포의 명분을 삼키고 나서 나는 코미디의 2막을 올렸다.

「유미모토사는 제게 능력을 발휘할 기회를 여러 번 주셨습니다. 죽을 때까지 고맙게 생각할 겁니다. 안타깝지만, 제게 과분하게 해주셨는데도 저는 걸맞은 모습을 보이지 못했습니다.」

내가 자신에게 무슨 용건으로 왔는지 까맣게 잊고 있었기 때문에 처음에는 틀림없이 할 말을 잃고 있었을 오모치 씨가 와락 웃음을 터뜨렸다.

편안하게 순진한 생각을 한 나머지, 나는, 그들의 명예를 살리기 위해 내가 머리를 숙이면, 그들에게 아무런 비난도 하지 않으려고 나 자신을 굽히고 들어가면, 사람들이 〈아니요, 아니요, 자 봅시다, 당신은 기대에 걸맞게 행동을 했어요〉 같은 종류의 정중한 이의를 제기하게 되리라고 상상했었다.

그런데 내가 장광설을 늘어놓는 것이 이번이 세 번째인데, 여전히 부정하는 사람이 없었다. 후부키는 내 결점을 인정하지 않기는커녕 도리어 내 경우가 훨씬 더 심각한 경우라며 자세히 얘기해 주고 싶어 했다. 사이토 씨는 내가 겪은 고초를 거북하게 생각한 것은 사실이지만, 내가 자기 폄훼를 할 이유가 없다고 얘기해 준 건 아니었다. 부사장의 경우는, 내 주장에 대해 아무 할 말을 찾지 못한 것뿐만 아니라, 숨이 넘어가듯 폭소를 터뜨리며 얘기를 들었다.

이런 사실을 확인하니 앙드레 말로가 한 말이 생각났다. 〈너무 당신 자신에 대한 험담을 하지 말라. 사람들이 당신 말을 믿을 테니.〉

식인귀가 주머니에서 손수건을 꺼내 웃느라고 나온

눈물을 닦고 나더니, 정말 내가 질겁할 정도로 코를 풀었는데, 이건 일본에서는 무례함의 절정이라고 할 수 있는 행동 중 하나였다. 사람들이 내 앞에서 아무 거리낌 없이 코를 풀 정도로 내가 그렇게 밑바닥으로 떨어졌단 말인가?

그리고 나더니, 그가 한숨을 내쉬었다.

「아멜리 상!」

그는 한마디도 덧붙이지 않았다. 이걸 듣고 나는 그에게 있어, 이 사안은 종결된 것이라고 결론을 내렸다.

이제 나에게는 신(神)만 남았다.

사표를 사장한테 제출하던 때처럼 내가 일본인다웠던 적은 없었다. 그 앞에서, 나는 정말 진심으로 몸둘 바를 몰랐고, 중간중간 나오는 껄떡껄떡 하는 소리를 억지로 참아 가며 경직된 미소를 지으면서 그에게 말을 했다.

하네다 씨는 거대하고 환한 그의 사무실에서, 나를 더없이 친절하게 맞아 주었다.

「제 계약 만료일이 가까워 오고 있습니다. 그래서, 아쉽지만, 계약을 갱신할 수 없다는 사실을 알려 드리려고 했습니다.」

「그렇죠, 이해합니다.」

그는 내 결정에 대해 처음으로 사려 깊게 의견을 말해 준 사람이었다.

「유미모토사는 제게 능력을 발휘할 기회를 여러 번 주셨습니다. 죽을 때까지 고맙게 생각할 겁니다. 안타깝지만, 제게 과분하게 해주셨는데도 저는 걸맞은 모습을 보이지 못했습니다.」

그는 즉시 응대했다.

「그렇지 않아요, 당신이 잘 알고 있잖아요. 덴시 부장과 협조했던 걸 보면 당신한테 맞는 분야에서는 당신이 얼마나 뛰어난 능력을 가지고 있는지 알 수 있어요.」

아, 역시!

그는 한숨을 쉬며 한마디 덧붙였다.

「당신은 운이 없었어요. 좋은 시기에 오지 않았어요. 당신이 그만두는 게 옳다고 인정합니다. 하지만 언제라도 생각이 바뀌거든, 여기서는 당신을 환영한다는 사실을 기억해 주길 바라요. 당신 생각이 나는 사람이 분명히 나 혼자만은 아닐 겁니다.」

나는 그가 이 점에서는 틀렸다고 확신했다. 그렇다고 해도 감동스럽기는 마찬가지였다. 그가 마음을 움직일 만큼 선하게 말을 했기 때문에 나는 이 회사를 떠난다는 생각에 슬픈 마음까지 들었다.

새해. 3일 동안의 의례적이고 의무적인 휴식. 이런 무위(無爲) 상태는 일본인들에게 충격적으로 느껴지는 면이 있다.

3일 낮 3일 밤 동안 음식을 하는 것조차 허용되지 않는다. 사람들은 미리 만들어 근사한 칠기함에 담아 놓은 차가운 음식을 먹는다.

이 명절 음식 가운데 오모치라는, 쌀로 만든 떡이 있는데, 예전에는 내가 죽자고 좋아했던 것이다. 하지만 그 해는, 이름 때문에, 나는 그걸 삼킬 수가 없었다.

오모치를 입에 대려고 하면, 나는 그것이 〈아멜리 상!〉 하고 포효하며 기름기 자르르한 웃음을 터뜨릴 것이라고 확신했다.

단 3일 동안 일하기 위해 회사로 다시 돌아옴. 전 세계가 쿠웨이트에서 눈을 떼지 못하고 오직 1월 15일만 생각하고 있었다.

나, 나는 화장실 유리창에서 눈을 떼지 못하고 1월 7일만 생각하고 있었다. 그것은 나의 최후 통첩이었다.

1월 7일 아침, 믿어지지가 않았다. 이 날을 내가 얼마나 기다려 왔던가. 마치 유미모토사에 10년은 근무한 것 같았다.

나는 종교적인 태도가 묻어 나는 분위기 속에서, 44층 화장실에서 하루를 보냈다. 별것 아닌 행동 하나 하나에도 성직(聖職)의 엄숙함이 깃들였다. 노(老) 카르멜회 수녀의 말을 확인할 수 없는 것이 후회가 될 지경이었다. 〈카르멜회에서는, 처음 30년이 힘들지요.〉

저녁 6시경, 손을 씻고 난 다음, 나는, 여러 가지 입장에서 나를 한 인간으로 여기고 있다는 사실을 알게 해준 몇몇 사람들과 악수를 하러 갔다. 후부키의 손은 해당되지 않았다. 그녀에게 전혀 원한을 느끼지는 않았기 때문에, 나는 그게 후회되었다. 애써 그녀와 인사를 나누지 않은 것은 내 자존심 때문이었다. 지나고 나니, 이런 태도가 우스꽝스럽다는 생각이 들었다. 절세(絶世)의 얼굴을 바라보는 것보다 오만함을 택한 것, 이건 잘못된 계산이었다.

6시 30분, 나는 마지막으로 카르멜회에 돌아갔다. 여자 화장실은 텅 비어 있었다. 보기 싫은 네온 조명 아래에서도 가슴이 미어졌다. 내 인생의, 아니 이 지구 상에서 보낸 시간 중 7개월이 여기서 지나갔다. 향수에 젖을 일은 아니었다. 그럼에도 불구하고 목이 메어 왔다.

본능적으로, 창가로 걸어갔다. 나는 이마를 창문에 갖다 대고 내가 그리워할 게 바로 이것이라는 사실을 깨달았다. 44층 꼭대기에서 도시를 굽어보는 것이 모두에게 주어진 기회는 아니었다.

창문은 추한 불빛과 감탄을 자아내는 어둠 사이에 있는, 화장실과 무한(無限) 사이에 있는, 위생적인 것과 씻어 낼 수 없는 것 사이에 있는, 수세 장치와 하늘 사이에 있는 경계였다. 창문이 존재하는 한은, 세상 사람 누구라도 자신만의 자유를 누리게 될 것이다.

마지막으로 한 번, 나는 허공으로 몸을 날렸다. 내 몸이 떨어지는 것을 쳐다보았다.

창문으로 뛰어내리고픈 갈증이 해소되고 나자, 나는 유미모토 건물을 떠났다. 사람들은 나를 다시는 그곳에서 보지 못했다.

며칠 뒤, 나는 유럽으로 돌아왔다.

1991년 1월 14일, 나는 『살인자의 건강법』이라는 제목의 원고를 쓰기 시작했다.

1월 15일은 이라크에 대한 미국의 최후 통첩일이었다. 1월 17일은, 전쟁이었다.

1월 18일, 지구 반대편에서 모리 후부키는 서른 살이 되었다.

오랜 습관대로, 시간은 흘렀다.

1992년, 내 첫 소설이 출간되었다.

1993년, 나는 도쿄로부터 편지 한 장을 받았다. 편지에는 이렇게 씌어 있었다.

아멜리 상,

축하해요.

모리 후부키

이 말은 내가 기뻐할 만했다. 그러나 무엇보다도, 그
냥 지나칠 수도 있는 어떤 점 때문에 내 심장이 멎었다.
이 말은 일본어로 쓰여 있었다.

옮긴이의 말

유미모토라는 일본 회사를 배경으로 작가의 화두인 나와 타인의 관계, 〈타인과의 관계를 통해 본 나〉와 같은, 어찌 보면 아주 진지하면서도 평범한(?) 주제를 다루고 있는 이 〈자전적인〉 소설의 매력은 뛰어난 글재주와 관찰력, 한 치의 양보도 없는 고집, 넘치는 에너지, 구어체적인 글쓰기 리듬, 통렬하고 가차 없는 유머, 보일 듯 말 듯 숨어 있는 시적 서정성, 공들인 어휘 선택에 있다. 이런 요소들이 어우러져 자칫 가볍게 보일 위험의 소지가 있는 노통브적 글쓰기에 무게가 실리는 것이다.

『두려움과 떨림』은 1999년 아카데미 프랑세즈 문학상을 수상했다. 처음 이 책을 몇 시간 만에 내처 읽고

195

난 후, 프랑스의 문학상 중 다분히 고답적인 문학상을 받았다는 사실이 옮긴이로서는 다소 놀라웠다. 하지만 번역을 염두에 두고 꼼꼼하게 읽어 나가면서 〈아〉 소리가 나왔다. 노통브가 사전 한구석에서 먼지나 뒤집어쓰고 있었을 법한 단어들을 꺼내 공들여 닦은 뒤 책갈피에 끼워 놓은 것이었다.

이 책은 무엇보다 재미있는 소설이다. 노통브적인 가벼운 터치와 기발한 장면 전환이 웃음을 터뜨리게 한다. 특히 주인공 아멜리와 일본인 상사인 후부키 간에 오가는 대화는 이 소설의 백미라고 할 수 있다.

프랑스 문단에서는 아멜리 노통브의 등단을 하나의 현상이라고까지 말하고 있다. 역자 자신도 노통브의 팬들이 운영하는 인터넷 사이트에서 젊은 노토니엥(노통브의 추종자)들과 이메일을 주고받으며 가끔 게시판에 글을 올리기도 하면서 그 인기를 실감할 수 있는 기회를 맛보았다. 그녀의 매력이 과연 무엇이기에?

노통브는 스스로를 신념에 의한 염세주의자라고 부른다. 염세적이다 보면, 염세적이다 보면 그 끝에 유쾌함이 있는 게 아닐까? 아멜리 노통브처럼.

이 책을 옮기는 데 도움을 준 반성인, 수잔 살리나스, 원고를 넘기는 마지막 순간까지 목에 가시처럼 걸려 있던 단어 하나를 시원스럽게 빼준 이메일 친구 잔에게 감사한다.

전미연